长篇纪实文学

福星

——李双星扶贫纪实

刘锋 张梅英 霍书平◎著

花山文艺出版社

图书在版编目（CIP）数据

福星：李双星扶贫纪实 / 刘锋，张梅英，霍书平著. —石家庄：花山文艺出版社，2017.7

ISBN 978-7-5511-3615-0

Ⅰ. ①福… Ⅱ. ①刘… ②张… ③霍… Ⅲ. ①报告文学—中国—当代 Ⅳ. ①I25

中国版本图书馆CIP数据核字(2017)第195954号

书　　名： 福星——李双星扶贫纪实
著　　者： 刘　锋　张梅英　霍书平

书名题签： 霍书平
责任编辑： 郝卫国
责任校对： 李　伟
装帧设计： 陈　淼
美术编辑： 胡彤亮
出版发行： 花山文艺出版社（邮政编码：050061）
（河北省石家庄市友谊北大街330号）
销售热线： 0311-88643221/29/31/32/26
传　　真： 0311-88643225
印　　刷： 大厂回族自治县正兴印务有限公司
经　　销： 新华书店
开　　本： 700×1000　1/16
印　　张： 10.5
字　　数： 130千字
版　　次： 2017年10月第1版
2017年10月第1次印刷
书　　号： ISBN 978-7-5511-3615-0
定　　价： 28.00元

消除贫困、改善民生、逐步实现共同富裕，是社会主义的本质要求，是我们党的重要使命。全面建成小康社会，是我们对全国人民的庄严承诺。脱贫攻坚战的冲锋号已经吹响。我们要立下愚公移山志，咬定目标、苦干实干，坚决打赢脱贫攻坚战，确保到2020年所有贫困地区和贫困人口一道迈入全面小康社会。

——摘自习近平总书记在2015年11月27日至28日
中央扶贫开发工作会议上的重要讲话

目　录

第一章　消灭贫困

贫穷与饥饿——困扰世界的难题

饥饿是人类最早的敌人，饥饿与天灾、战争等纠缠在一起，人类生存与发展的历史，首先是一部与饥饿进行抗争的历史，饥饿问题严重影响和渗透人类的意识。饥饿是世界潜伏的沉默杀手，全世界每年死于饥饿和饥饿引起的疾病的人数远远超过死于艾滋病、疟疾和肺炎的总和。

历史上的饥荒数不胜数。

公元10年至1846年间，英伦三岛共发生饥荒201次。

19世纪中叶，爱尔兰粮食歉收，饥荒导致人口锐减250万。历史学家格林在其《英国民族简史》一书中，提到爱尔兰时写道："饥饿把这个国家变成了一座地狱。"

1896年至1897年，因为一场大旱灾，印度近代史上遭受了最大一次饥荒，导致五百万人丧生。

苏联曾经历过两次严重饥荒，一次发生在1921年至1923年，另一次发生在1932年到1934年间的乌克兰，饿死人数均在500万左右。

20世纪80年代，非洲撒哈拉地区因饥饿造成了不可计数的人死亡。

历史上，中国的饥荒发生之频繁、危害之大为世界之最。

饥荒之下，人性完全被扭曲。

“吃人事件”在中国历史上时有发生，如“易子而食”“人相食”在《史记》《新唐书》《资治通鉴》《明史》等史书中都有详细记载。从公元前205年到公元1930年，正史记载中国历史上共有120个时期发生过人相食的记载，这还不包括稗官野史的记载。

在封建朝代，无论是“成康之治”“文景之治”“贞观盛世”还是“康乾盛世”，最多只有百分之一的人能够饱食终日，百分之十的人处于温饱，而有百分之九十左右的人只能保持半饥半饱的状态，如果出现天灾人祸的话，处于半饥半饱者要达到百分之九十九以上。

所谓半饥半饱，就是饱一餐，饿一餐，或是吃到五成饱左右，或是到处借贷无门，吃了上餐愁下餐，一年到头只有生日、过年、尝新这几餐能放开肚皮真正吃饱饭，其他时间则没有这种福气了。

在中国的人类历史上，我们的祖先为了粮食和生存，经历了令我们这代人无法想象的苦难。

在中国，饥饿如同挥之不去的噩梦。人们对于饥饿的恐惧根植于远古的记忆。

史学专家研究表明，自公元前108年至1911年，中国共发生饥荒1828次，几乎平均每年一次。

有确切资料记载，民国时期因灾荒饿死人数达5620万以上；20世纪三四十年代“反饥饿反内战”的口号响彻云天；1942年，“水旱蝗汤”四大灾害轮番袭击中原地区的110个县，仅河南省，就有300万人饿死，另有300万人西出潼关做流民，沿途饿死、病死、扒火车挤踩摔轧而死者无数。司徒雷登说过，1949年以前，中国平均每年有300万~700万人死于饥饿。

作为农业和人口大国，中国的粮食问题向来受到世界的关注。

新中国成立之初，美国国务卿艾奇逊就预言，中国共产党政权将因无力解决当时4.75亿人口的吃饭问题而垮台。

然而数十年过去了，艾奇逊的预言落空了，中国社会的发展，超乎他们的预想。

毋庸讳言，新中国成立后，人民政府面临的主要经济问题，就是养活4.75亿中国人。

土地在减少，人口在增加，怀疑之声不绝于耳。

1994年，美国学者莱斯特·布朗在《世界观察》杂志上发表《谁来养活中国？》的文章，作者在文章中认为一方面随着中国人口的增加和消费结构的变化，另一方面随着中国城市化和工业化的推进，中国在2030年粮食供应将比1994年减少20%，中国将面临巨大的粮食缺口，到时中国不能养活自己，世界也养活不了中国。由此向中国也向世界提出了谁来养活中国的问题。从而一石激起千层浪，引起了各国政府、学者、媒体等的广泛关注。

为了回应各方的关注，并向各方说明中国的粮食状况、阐明中国的粮食政策和回答“中国如何养活自己”的问题，国务院于1996年10月发布了《中国的粮食问题》白皮书，向世界庄重承诺：中国人民不仅能养活自己，而且还将使自己的生活质量一年比一年提高。中国不但不会对世界粮食安全构成威胁，还将为世界粮食发展做出更大的贡献！

2008年，世界爆发一次大范围的粮食危机，布朗在接受《环球时报》采访时表示，他的观点并没有改变，谁来养活中国仍然是个问题。布朗认为，虽然中国政府采取了诸多措施基本实现了粮食自给，但中国同世界上其他国家一样面临着粮食供给紧张的问题。谁来养活中国的问题再一次引发各方热议。但从中国粮食供应和粮食安全的现实情况来看，我国2008年以来并没有出现大的问题。这跟中国长期坚持正确的粮食战略，任何时候都坚守“确保谷物基本自给、口粮绝对安全”的战略底线是分不开的。

不再饥饿是人们的祈求，不再饥饿已经实现。

有人曾经风趣地说，中国农民吃饭靠“两平”，一是靠邓小平的责任制，二是靠袁隆平的杂交水稻。邓小平主导的改革开放，农村实行家庭联产承包责任制，使农民富了起来。袁隆平培育推广杂交水稻，大幅提高了粮食产量。

关于责任制，这里不再赘言。袁隆平的科学研究，对人多地少的中国，有着异乎寻常的意义。有人对袁隆平做出这样的评价：

> 袁隆平先生从事杂交水稻研究已经半个世纪了，不畏艰难，甘于奉献，呕心沥血，苦苦追求，为解决中国人的吃饭问题做出了重大贡献。先生的杰出成就不仅属于中国，而且影响世界。

可以说，贫穷与饥饿，曾经如同一对孪生兄弟，游荡在历史的各个时期、世界的各个角落，成为人类挥之不去的噩梦。也是历朝历代、各国政府竭力想解决，却难以根治的世界性难题。

消灭贫困——中国人的共同梦想

作为世界上人口最多的发展中国家，中国一度是“贫穷”的代名词，在“一穷二白”这顶贫穷的帽子底下，占中国总人口数四分之三的广大农村地区，更是成了“落后”的重灾区。

贫穷不是社会主义，党的十一届三中全会后，中国政府为彻底改变贫穷落后的面貌，毅然走上了改革开放的道路。

在农村，主要推行的是家庭联产承包责任制。据统计，从1978年到1985年，全国农村没有解决温饱的贫困人口从2.5亿人减少到1.25亿人。

这一次农村改革，虽然让一部分农民走上了致富的道路，但仍未消除的亿万贫困农村人口的巨大数字，依然成为制约中国发展的包袱。

民以食为天。如何让农村摆脱贫困，实现最基本的穿暖衣、吃饱饭的梦想，成为摆在各级政府面前的一道难题。

1986年，国务院专门成立了扶贫机构，制定专项政策，安排专项资金，采取点对点、面对面扶贫的方式，打响了政府扶贫攻坚战。截至1993年，全国农村未解决温饱的贫困人口，由1.25亿减少到了8000万。

政府扶贫初战告捷，显示出了中国政府执政为民的决心和信心。为了继续把这项工作做好，1994年3月，国务院公布实施《国家八七扶贫攻坚计划》，力争用七年时间，解决8000万农村贫困人口的温饱问题。

对于扶贫工作，习近平总书记更是牵挂在心。2012年12月29日，担任中共中央总书记44天的习近平，就来到革命老区河北省阜平县骆驼湾村，开启考察扶贫开发工作的序幕。

据统计，党的十八大以来，习近平30余次到国内各地考察，有一半以上都涉及扶贫开发问题。从云贵川到东三省，从提出“看真贫、扶真贫、真扶贫”到“找对‘穷根’，明确靶向”……他的扶贫脚步遍布各地，扶贫思路清晰可辨。

2016年，国家“十三五”规划再次明确提出，到2020年全面建成小康社会。让十四亿中国人彻底摆脱贫困，这既是中国五千年来的最大梦想，也会是人类史上的一大奇迹。

毫无疑问，通过不懈努力，我国的扶贫工作取得了举世公认的辉煌成就。但是，由于没有建立统一的扶贫信息系统，对于具体贫困居民、贫困农户的帮扶工作存在许多盲点，贫困居民底数不清、情况不明、针对性不强、扶贫资金和项目指向不准的问题较为突出，一些真正的贫困农户和贫困居民仍然没有得到有效的帮扶。

2013年11月，习近平总书记到湖南湘西考察时首次做出了“实事求是、因地制宜、分类指导、精准扶贫”的重要指示。

2014年1月，中办详细规制了精准扶贫工作模式的顶层设计，推动了“精准扶贫”思想落地。

2014年3月，习近平参加两会代表团审议时强调，要实施精准扶贫，瞄准扶贫对象，进行重点施策。进一步阐释了精准扶贫理念。

2015年1月，习近平总书记新年首个调研地点选择了云南，总书记强调坚决打好扶贫开发攻坚战，加快民族地区经济社会发展。5个月后，总书记来到与云南毗邻的贵州省，强调要科学谋划好“十三五”时期扶贫开发工作，确保贫困人口到2020年如期脱贫，并提出扶贫开发“贵在精准，重在精准，成败之举在于精准”，“精准扶贫”成为各界热议的关键词。

2015年10月16日，习近平在2015减贫与发展高层论坛上强调，中国扶贫攻坚工作实施精准扶贫方略，增加扶贫投入，出台优惠政策措施，坚持中国制度优势，注重六个精准，坚持分类施策，因人因地施策，因贫困原因施策，因贫困类型施策，通过扶持生产和就业发展一批，通过易地搬迁安置一批，通过生态保护脱贫一批，通过教育扶贫脱贫一批，通过低保政策兜底一批，广泛动员全社会力量参与扶贫。

习近平“精准扶贫”思想是中国政府当前和今后一个时期关于贫困治理的指导性思想，其生成的理论基础是“共同富裕”根本原则，现实基础是“全面建成小康社会”的宏伟目标。

自实施“精准扶贫”战略以来，扶贫成了全社会关注的焦点。过去那种粗放扶贫的方式，由于贫困居民数据来自抽样调查后的逐级往下分解，扶贫中的低质、低效问题普遍存在，扶贫资金“天女散花”，以致“年年扶贫年年贫”；重点县舍不得“脱贫摘帽”，数字弄虚作假，挤占浪费国家扶贫资源；人情扶贫、关系扶贫，造成应扶未扶、扶富不扶穷等社会不公，甚至滋生腐败。表面上看，粗放扶贫是工作方法存在问题，实质反映的是干部的群众观念和执政理念的大问题，不可小觑。

目前，全国共有598个国家级贫困县扶贫办主任，他们时刻战斗在扶贫工作的第一线。在这场举国之战中，涌现出一大批让人难忘的优秀的基层一线工作者，李双星就是其中的杰出代表。

2016年7月1日，庆祝中国共产党成立95周年大会在北京隆重举行，中共中央总书记、国家主席、中央军委主席习近平在大会上发表重要讲话。中共中央政治局常委刘云山宣读《中共中央关于表彰全国优秀共产党员、优秀党务工作者和先进基层党组织的决定》。决定指出，中共中央决定对贾立群等100名共产党员、傅企平等100名党务工作者、中国工程物理研究院党委等300个基层党组织予以表彰，分别授予“全国优秀共产党员”“全国优秀党务工作者”和“全国先进基层党组织”称号。

李双星被授予全国优秀共产党员
（霍书平摄）

在这次大会上，作为河北省衡水市农业开发扶贫办公室党组副书记、副主任兼阜城县农业开发扶贫办公室党组书记、主任的李双星，被授予了“全国优秀共产党员”荣誉称号。

在京期间，李双星还参加了庆祝建党95周年音乐会，受到了党和国家领导人的接见，出席了庆祝中国共产党成立95周年大会，参加了国务院新闻办公室组织的新闻发布会，并就脱贫攻坚、精准扶贫等问题回答了记者提问。

作为扶贫战线上的典型代表，李双星受到党和国家的表彰，可谓实至名归。

2016年升任衡水市农业开发扶贫办公室党组副书记、副主任之前，李双星在阜城县农业开发扶贫办公室党组书记、主任这个科级岗位上，踏踏实实一干就是14年。

在这14年的背后，有着太多太多关于他扶贫的故事，每一个故事都感人至深。

管中窥豹，一组数字足以说明李双星14年来取得的成绩：

自2002年李双星从乡镇党委书记调任阜城县农业开发扶贫办公室主任以来，阜城县扶贫开发工作不断创新，先后争取各类财政扶贫资金2.1亿元，全县瓜菜、林果种植面积从零发展到目前的23.6万亩，创造销售效益18亿元，全县9.7万名贫困农民人均纯收入由600多元提高到6000多元……

被授予全国五一劳动奖章（霍书平摄）

2015年起，李双星的先进事迹逐渐被《人民日报》、中央电视台、中央人民广播电台、新华社等国家级重点媒体报道，并得到中央有关领导重要批示；他还先后荣获“全省扶贫开发先进个人”“中国梦·赶考行——最美河北人之百姓喜爱的好官”“河北省百姓喜爱的好官”“河北省2015年度三农工作先进个人”等20多项荣誉称号；2016年又获得全国总工会授予的“五一劳动奖章”。

作为“中国扶贫开发典型人物”，这些年来，李双星带领阜城贫困群众真正实现了脱贫致富的美好梦想。为此，他被阜城县广大农民群众亲切地称为“李扶贫”，同时，也成为阜城人心目中的“福星”。

第二章　乡镇生涯

一场姗姗来迟的采访

21世纪的第二个十年，是一个盛行网红的时代。

可以说这些年，随着生活网络化，我们见惯了形形色色采用各种手段，利用多种渠道自我炒作的所谓的名人。

自己的事迹能够被写出来，并被传播出去，成为社会知名人物，应该是很多人梦寐以求的事情。

因此，当接到采访李双星的任务后，原本以为是一件很轻松的事情，然而，当我们开始联系李双星时，才发现根本不是那回事。

找到李双星的电话号码之后，打他的办公室电话，十次有十次不在；打他的手机，十次有九次占线；给他发信息，也是泥牛入海，一去不回。

这不由得让我们犯起嘀咕来，李双星这人怎么这样难以沟通？这样一个人，还能够当典型？

可转念一想，也许人家有他的难处。俗话说得好，精诚所至，金石为开，我们还是主动多联系几次吧。

经历了若干次的联系，终于，接通了李双星的电话。

简单说明了采访意图，原以为他会很兴奋，谁知听完后，他竟然在电话那头撂下一句话："我现在很忙，市里、县里、村里几头跑，没时间接受采访。"

本来热乎起来的心又凉了，对于他的话，我们持怀疑态度，一个县里的扶贫办主任，真的会忙到连接受采访的时间都没有吗？

李双星办公室留影（左起：阜城县委组织部张敬波，张梅英、李双星、刘锋，刘爱峰摄）

既然决定了采访，我们也不能轻易放弃。选择了一个周五，没和李双星提前打招呼，我们直奔衡水阜城，决定来一个突然袭击。看看他是不是真的忙到了连电话都没有时间接。

一路上，我们都在想，他这一天到底在忙些什么？我们甚至想了，如果他不在县里，那我们就等，一直等到他回来。

那天，李双星在县里。但是直到晚上才见到他，我们整整等了一天。

见到李双星时，是初夏的晚上6点，天已经擦黑。在他的办公室，他刚刚开完会，显得稍微有点疲惫。

直到这时，我们才得以仔细打量眼前这位让我们久等的采访对象。

李双星个头不高，约一米七的样子，头发偏分，穿着一件白色衬衣。他一边安排我们落座，一边有些不好意思地笑了笑，用一口地道的阜城话说："不好意思，知道你们来了，但实在脱不开身。这才刚刚开完会。"

李双星面带笑容，言语朴实。他的一番话，使我们心中的焦虑消除了许多。

有啥问题尽管问（鲁彦辉摄）

“不过，你们得抓紧时间问，我抓紧时间说。晚上，我还要和一个安徽来的客商洽谈收购娃娃菜事宜，怕是没有太多时间接受你们的采访。”

说话间，他的电话响了起来，是一个刚刚开始种植大棚娃娃菜的农民打来的。

接起电话，李双星不厌其烦地告诉他现在需要施什么肥，需要施多少肥，至少解释了三遍，才放下电话。

我们笑着说，农民种个大棚也把电话直接打给了你，你这个扶贫办主任实在没有架子，还是个专家。

李双星笑了一下说，没有办法，虽说农民们种了一辈子地，但那都是靠经验，如今搞瓜菜大棚，他们都很谨慎，生怕一个小小的失误，一年的投入打了水漂。他们信任我，我就要尽量详细地给他们解释清楚。这些贫困户们不容易，都指望着这个脱贫呢！

话音未落，电话又响了起来……

随后，电话一个接一个，不是当地种植大棚的农民，就是他联系的客商。李双星的电话简直比电台热线还忙。

半个小时，5个电话，采访根本进行不下去。

我们面面相觑。为了让采访继续下去，也为了全面了解李双星的日常生活，我们决定晚上跟随李双星去见客商，感受一下他的工作状态。

经过反复商量，李双星终于同意我们跟随他采访一段时间。

此后，整整半个月，我们都和李双星在一起。

白天，他上班，我们跟着他上班；

中午、晚上，他谈合作，我们就当他的秘书，记录合作事宜；

他去大棚指导种植，我们就去大棚看果蔬生长情况；

他在农户家吃饭，我们也跟着他吃农家饭。

……

李双星说，一年365天，工作从未停过一天，别说周末、节假日了，连春节都没间断过。他的手机每天24小时开机，除了开会调成静音不接电话外，从早晨5点到晚上10点，电话基本没停过。

“乡亲们信任我，遇到困难求到我，我怎么也得随时帮助他们解决难题啊！”李双星略显无奈地笑笑。

由此，想到了央视有一档节目叫《吉尼斯中国之夜》，主持人爱问观众一句话：谁见证？

对于李双星，我们可以说：我们见证。

阜城15万贫困百姓说：他们见证。

跟随李双星的这段时间，我们亲眼见证了李双星的生活、工作方式，也切实感受到了一个基层扶贫干部的风采，彻底解开了困惑在心底里的疑团。

李双星真的是太忙了，以至于我们的采访在某种程度上成了对他的一种打扰。

人们常用“焦头烂额”来形容一个人的忙碌状态。李双星虽然很忙，但他没有焦头烂额，他的忙是成竹在胸，是忙中有序、忙而不乱。

“5+2”“白加黑”，李双星告诉我们，这就是基层扶贫干部的工作状态。

贫困土地上走出来的孝子

阜城县是河北省衡水市下辖县，位于河北省东南部，衡水市东北部，属黑龙港流域，地处河北冲积平原，地势自西南向东北缓慢倾斜，海拔高度12～30米。境内河流较多，由于河流泛滥和改道，沉积物交错分布，形成许多缓岗、微斜平地和低洼地，是一个典型的农业大县。阜城县总面积697.7平方公里，人口33万，辖五镇五乡。五镇是：阜城、古城、崔庙、码头、霞口；五乡是：漫河、蒋坊、建桥、大白、王集，共610个行政村（606个自然村）。

阜城是千年古县。据《阜城县志》记载，西汉高祖年间置阜成县，属幽州渤海郡，距今2200多年。

阜城也是运河古城，京杭大运河在阜城境内长达30.65千米，大运河与江江河、湘江河、清凉江四大河系纵贯全境。

阜城还是革命老区，1931年这里便建立了中共党支部，1945年5月27日，阜城解放，成为解放战争的大后方，为新中国成立做出了巨大贡献。

阜城县名的内涵寄托了人民群众对美好生活的向往——物阜民丰。但这一美好愿望与现实总是隔着一道鸿沟，贫穷落后困扰着阜城人。

全县88个贫困村被定为扶贫开发工作重点村。

全县贫困人口人均年收入低于500元的，有3864户，15万人，占当时全县人口的50%。

然而，这种状况终究要改变，终究要有人来助推这一改变。1962年，阜城县井庄村一户普通的农家，传出了一声婴儿响亮的啼哭。

“生了，生了，是个男孩，好福相呢！”接生婆兴奋地向男主人道喜。

“好、好，辛苦啦！”男主人嘴里道谢，心里却又高兴又发愁，这一下日子又该过得紧巴了。

这个刚出生的男孩就是李双星，是这户贫困农家的第四个孩子。在他上面有一个哥哥、两个姐姐。随后几年，父母又陆续给他添了两个妹妹，一个弟弟。

20世纪60年代，是新中国成立后最困难的一段时期，当时，国家大力提倡多生多育。“人多不算穷”、人口就是劳动力，因此，一家七八口人的家庭结构普遍存在。

计划经济时代，父母要挣工分养家糊口，儿女多了无暇顾及，也就随意散养着，老大带老二，老二带老三，大孩子带小孩子，成了那个时代的普遍现象。

这也间接地形成了长兄如父、长姐如母的亲情。一大家子反而其乐融融。李双星就是在父母兄姐的关爱中成长起来的，因此，对于哥哥姐姐，有着特殊的感情。

李双星的父亲是一位残疾军人，偌大一个家庭仅靠着父亲那点微薄的工资生活，日子可想而知过得非常艰难。不要说吃好，就是一家子能够吃饱也不是一件容易的事。

对于这段成长经历，李双星感慨良多：自己真是穷怕了，印象中，小时候一年只能吃到一次肉，还是在过年的时候。说是吃肉，分量也是少得可怜，还是熬出油后的油渣肉。

和大多数人家一样，长年累月，一日三餐不是玉米山药，就是山药玉米。

“田里流汗水，碗里没油水，胃里酿酸水，这种饭吃多了，弄得我现在吃不了玉米，吃不了山药，一吃就难受，想想应该是那个时候‘吃伤了’，以前吃山药吃怕了，人们吃不下去了，如今山药成了城里人的美食，就是我想吃也吃不了了，一吃胃里就难受。”提起那段往事时，李双星的表情中透露出些许的遗憾。

即使这样，也不是顿顿都能吃饱。李双星给我们讲了这样一个故事：

有一阵子，吃饭时，李双星总是发现父母亲不吃，说是先吃过了，他感到很奇怪，明明他们没有吃，为什么要说吃过了？

他留了一个心眼，一次吃完晚饭后，他没有像往常一样去要，而是悄悄观察，结果发现，父母亲躲在小屋里煮野菜吃……

第二天，李双星问："爹，咱家是不是没有粮食了？"

父亲沉默了半晌，他意识到李双星看出什么了，便对李双星说："娃，别告诉你的兄弟姐妹们，家里人多，他们都在长身体，粮食少，爹和你娘这阵子少吃点，等庄稼收了就好了。"

……

虽然家境贫穷，父母亲却舍得花钱让孩子们上学，他们渴望这个贫困之家，能够走出一两个高才生，实现鲤鱼跳龙门的梦想。

自从见到父母亲偷偷吃野菜后，李双星变得格外懂事，他不像别的孩子，一味地玩耍，只要待在家里，总是干这干那，想方设法地给父母帮忙，以减轻家里的负担。

也是从那时起，李双星暗暗下定决心，一定要好好学习，争取早日走出农村，分担压在父母亲肩上的担子。

都说，穷人的孩子早当家。整个学生阶段，李双星格外勤奋，从不让父母操一点心，学习成绩在年级里一直名列前茅。

1979年，李双星高中毕业，如愿考入了衡水市财贸学校，学习财务会计专业。

李双星说，接到录取通知书后，父母特别高兴，破天荒地买了肉，召集一大家人好好地庆贺了一番，这是李双星第一次在不是过年的时候吃肉。

两年后，李双星从财贸学校毕业，被分配到县煤炭销售公司当了一名会计，成了吃上皇粮的城里人，村里人投来羡慕的目光。

那个年代，农村就是穷窝，农民就是穷人的代名词。眼见着儿子出息了，跳出农门，捧上了铁饭碗，李双星的父亲和兄弟姐妹都替他高兴。

李双星还记得去单位报到的那天晚上，他一个人站在街上，看着街上亮起的灯光，想着自己实现了当城里人的梦想，着实激动了一阵子。毕竟与面朝黄土背朝天的父母兄弟比起来，自己确实幸运多了。

刚开始，他还下定决心要在城里好好工作。可是家里发生的一件事，动摇了他当城里人的决心。

本来李双星就是孝子，家中九口人，27亩地，自打他进城后，家里一下子少了一个壮劳力。一次回家，在和家人聊天时，看到父亲苍老的面容，看到哥哥弟弟辛苦劳作的情形，他突然想到，自己一个人待在城里是好过了，可是父母怎么办？当初自己发誓好好学习，不就是要学有所成报答他们吗？

李双星和母亲在厨房

可如今，自己离得那么远，还是照顾不上家啊，于是，李双星怀着一颗感恩的心萌生了回乡的念头。

他想在工作之余能够照顾到家，以减轻父亲和兄弟们的压力，可是县城离他的老家大龙乡还是太远了。

当时，大龙乡是阜城县最贫困的一个乡镇，工资收入也远低于县煤炭销售公司。为了能够照顾家里，李双星还是毅然决然地放弃别人眼中的优越工作，主动找到组织，申请调回乡政府工作。

当他把这个决定告诉家人时，一开始，家人非常不理解，父亲非常生气，母亲也偷偷抹泪，多次让他放弃这一念头。

“爹、娘，我只是想回到离你们近的地方上班，不是回家种地，你们年纪都大了，哥哥姐姐们各自成家，弟弟妹妹还小，家里活儿多，我帮不上忙心里难受啊！我离家近点，大家都能有个照应啊！”

禁不住李双星的一番劝说，父母最终还是同意了他的选择。

不久，组织上安排李双星回到了大龙乡工作。

未承想，在乡镇一级，他竟一干就是21年。从一个刚出校门的毛头小子到了中年。

21年的乡镇生涯

什么样的选择，决定了什么样的人生。

对李双星来说，孝心驱动让他选择到乡镇工作。而责任驱使，让他在乡镇这一级开辟出了全新的天地。

李双星做梦也不会想到，当初他要求到基层，成就了他今天在扶贫战线做一番事业，成为扶贫战线的标兵。

调回大龙乡后，由于负责的工作还不是很多，白天，除了上班时间，他抽空就会到自家田里，干点农活儿，分担家人劳作的重担。

那时候，家里穷，买不起牛马，每年农忙时都是靠人拉犁耙地，每次忙完农活儿，一家人都累得病上好几天，于是，一个念头出现在李双星的脑海中。

平时，每次工资发下来，他都第一时间去存起来，从不乱花一分钱，甚至好几年都没舍得买一件衣服。

兄弟们都劝他，你在政府部门工作，需要讲究点排面，买身好点的衣服也是可以的。

李双星嘴里应着说好好好，可转过身他还是该忙啥忙啥，根本没把那话放在心上，他始终穿着刚毕业时的衣服上班。

几年下来，李双星攒了800元钱，他去集上转了转，给家里买了一头耕牛，摆脱了靠人拉犁的苦累。这头牛，也成了他们家最值钱的家当。

李双星与农民、与土地的感情是纯真的、深厚的，这不单单是因为他来自农村，更多的还是通过在乡镇工作，他与广大的农民结下了深厚的鱼水情缘。用李双星自己的话说，就是在日常的工作、生活中，感受到了农民的质朴。

没有对比就没有幸福感。对于农村的巨大变迁，李双星最有话语权，因为他亲眼见证了农村、农业和农民在党的富民政策下，由贫到富、由脏到美、由弱到强的变化过程。

20世纪80年代的乡镇工作不好做，原因主要在于农民的日子不好过，农业税还是国家税收的重要来源之一，乡镇干部与农民打交道，一项主要任务就是税收。

从计划生育、农业税收，到“三提五统”等，都是在向老百姓伸手“要钱”。虽说是职责所在，收上来的这些钱也按规定上交了国库，但看到老百姓的日子过得很艰难，作为土生土长的乡镇干部，李双星的心里也很不是滋味。

为此，李双星不止一次地在村干部大会上说，现在是农民养国家，将来肯定会是国家养农民。等有一天国家富强了，一定会把这些钱给农民补偿回来的!

让李双星高兴的是，这一天的到来并不很遥远。若干年后的2006年，他的这个愿望终于实现了，在中国存在了上千年的农业税取消了！不仅如此，告别田赋的农民种地、养殖还会得到国家相应的补贴。

在乡镇工作期间，有两件事让李双星至今想起来仍非常感动。

第一件事是1995年10月的一个晚上，刮着风，天气已经转凉了。时任大龙乡乡长的李双星在村里搞调研，准备回乡里时，吉普车的电瓶没电了，怎么也打不着火。

正在犯愁时，在一旁蹲着吃饭的一位农民走过来，问明情况后，马上到附近的人家喊来了五六个人，一个人拿着手电在前面照路，其他人在后面推车。

当时，农村还全是土路，地面坑洼不平，车推出一公里后才打着火。

在乡镇工作时的李双星（中）

看到汗水湿透了乡亲们的衣服，脸上豆大的汗珠直往下淌，李双星深受感动，他眼含热泪，哽咽着对几个人说："老乡们，你们这份真情我会铭记在心，也会报答你们的！"

第二次是1999年，李双星担任蒋坊乡党委书记期间。

那是夏天的一个晚上，天气闷热，李双星在完成对一个村的调研任务后往乡里赶，走到旋家村后，突然下起了大雨。

当时，县级公路正在翻修施工，灰土垫层还没有做好，经雨水一淋，路面变得泥泞不堪。李双星乘坐的吉普车一不小心滑到了路边的浅沟里，陷住了。

试了多次，车轮在泥里打转，越陷越深，车子怎么也开不上来。没有办法，他只好坐在车里用手机求援。

正在这时，车窗外露出一张陌生的脸。李双星往外一看，发现那人全身上下已经被大雨浇透了。

那人隔着车窗对李双星说："李书记，别着急，我家就是这个村的，我马上回去开个拖拉机给你拽上来，送你走出这段泥路！"

果然没多久，这位乡亲就把拖拉机开来了，经过一番折腾，费了好大劲才把李双星乘坐的吉普车拽了出来。

上路后，老乡在前面开着拖拉机，后面拖着李双星的吉普车。大雨不停地下，坐在后面的车里，李双星的心中充满了暖暖的热流。

这位乡亲一直把李双星的吉普车拖到了乡政府大院。李双星问出这位乡亲的名字，让他换上了一身自己放在办公室的干衣服。

雨停了之后，老乡和李双星告别。

李双星握着老乡一双粗刺刺的大手，看着他朴实的面容，感慨万千。

老乡开上拖拉机走出了很远，李双星还站在乡政府大院中注视着老乡离开的背影，心情久久不能平静。

……

诸如此类的事情其实还有很多，每一次都让李双星感觉到乡亲的纯朴与真挚，这也让他打心底里萌发了要为乡亲们踏踏实实做点事情的想法。

多年来，他的心中一直有这样一个念头：我们的农民是憨厚淳朴的，他们却长年过着贫困的日子，每年还要征交名目繁多的粮款，让他们紧巴巴的日子难上加难。乡亲们没有豪言壮语，他们用默默的行动表达着对基层干部的深情厚谊。李双星想，我们有什么理由不用实际行动来回报和帮扶这些值得善待的贫困百姓？

为了让更多的基层干部了解农村和农民的现状，在一次乡党委班子会上，李双星提到了自己经历的这些事情，听后，大家默默无声。

看得出来，在场的每个人都心潮澎湃。

李双星说，如果要问自己为什么对扶贫工作如此上心，如此充满激情，或许答案就在这里。借用一句诗，就是“为什么他对扶贫工作如此执着，只因为他对乡亲们爱得深沉”。

乡镇工作在基层，在村里。百姓疾苦，生产生活，千头万绪。小到鸡毛蒜皮，大到农村稳定，涉及千家万户，方方面面。

麻雀虽小，五脏俱全；官职不大，事无巨细。基层工作，既磨炼人，也能锻造和成就一个人。

二十多年里，李双星几乎把乡里的每一个职位都干了一遍，甚至还代妇女主任开过会。

穷则思变，21年的乡镇履历，让李双星在工作期间，不断地尝试养殖、大棚种植等多种脱贫方式，期间，有成功的喜悦，也有失败的痛苦。

至少，率先尝试养殖、大棚种植的农户们日子确实好起来了，或许是天意，李双星的这些尝试，为他若干年后的扶贫事业积累了丰富的经验。

第三章 结缘扶贫

“临危受命”的最年轻正科

常言说，机遇总会垂青那些有准备的人。

尤其在中国历经大变革的时代，那些想干事、会干事、能干事的年轻干部们，一旦获得机遇，总能找到改变他人命运的方法。

对阜城县广大的贫困农户来说，正是因为有了李双星，他们中的绝大多数，从此实现了脱贫致富的梦想，改变了受苦受穷的命运！

2002年，阜城县被列为河北省扶贫开发工作重点县。

不久，县扶贫办也正式挂牌成立。

部门刚刚成立，光听“扶贫办”这个名字也知道苦活累活肯定少不了。这样的部门既是最需要人才的部门，也是让人才犹豫的“弱势部门”——“下个文，乡镇可以理会也可以不理会”“扶贫工作就是个求人的事，没多大权力、实力，难出政绩”。

俗话说，“火车跑得快，全靠车头带”。扶贫办成立了，但是让谁来当这第一任扶贫办带头人，担起全县扶贫工作重任呢？

扶贫工作非常重要，因为它事关县域经济发展和百姓切身利益，是一项标准高、周期长的工作。只有挑选一位基层工作经验丰富、有实干精神、工作踏实、干劲足、能力强、愿意干事创业的人，才能胜任这项工作。

究竟找谁来挑起扶贫办主任这副重担，这让时任阜城县委书记的王锁马和县长吴平作了难。

他们把调选对象在心里过了一遍又一遍，一个个过筛选拔，慎重衡量。最终一致认定，已经有两年乡长、近五年乡党委书记履历的李双星最合适。

“双星一度是全县最年轻的乡镇党委书记，继续进步的空间也很大，在征求意见时，坦白说我们心里也没有底，没想到他没有丝毫犹豫就答应了。现在看来，这个扶贫办主任，我们给老百姓选对了！”时隔多年，王锁马对当时选李双星当扶贫办主任一事，依然记忆犹新，“李双星老实能干，这一点众所周知。大家对他的评价是：干起工作性子有些犟，是一个忘我的工作狂。最主要的，他做事踏实，有很好的群众缘！”

县扶贫办人事调动方案基本确定后，县委领导就急匆匆地把李双星召进县里，直截了当地对他说：

“双星，按你的工作资历和工作能力应该往前走一步了，但提拔的事还得往后拖一拖。眼下有一项重大工作任务急需你去担当，县委研究决定，县扶贫办主任这个位置非你莫属啊。”

“让你去扶贫是有点委屈你了，可你是从最穷的乡里走出来的，最有扶贫工作经验，最能理解扶贫工作对百姓、对全县的重要性，我们相信你有办法、有能力扛起全县扶贫这杆大旗。”

……

面对县领导的信任和全县贫困乡亲的期待，李双星无条件地同意了组织上的安排。

自此，在县委、县政府领导支持下，李双星带领扶贫办，与各乡镇、部门协力帮扶全县152个贫困村发展大棚生产，用年人均纯收入翻三番的成绩让当地近8万名贫困群众脱贫致富。阜城也连续11年作为全省扶贫开发先进县受到表彰。2009年，他被评为“中国扶贫开发典型人物”。

可能连李双星自己也没有想到的是，在县扶贫办主任的位置上，他一干就是14年。

从全县最年轻的乡党委书记到最年长的在岗正科级干部，从全省县扶贫办主任“最年轻”之列退到“最年长”之列，在任14年，他始终在追梦路上奔跑、在扶贫路上奔跑，从不在“跑官”上“做文章”。

其实，各级领导一直想着李双星。

前几年，县里几位老干部找到县委书记，认为“该给李双星提提了”。他知道后，急忙跑到书记办公室，说，还是把机会留给年轻干部吧；现在赶上了职级与待遇挂钩改革，自己正科多年，按照政策可享受副县级的工资待遇，够了。

在李双星同事们印象中，他从来不会为“位置”“级别”等事情闹情绪、影响工作。

“他这个人太简单了，心里只装着老百姓。”“不求官，要‘求’也就是把‘小官’管的事做‘大’。”“他可能没告诉你们，几年前，因扶贫工作成绩突出，他获得县委县政府10万元奖金，他留下1万元，其余的钱都分给了同事们。”

这些都是后话。

当时，摆在李双星面前有两条路可走。

第一条路是把握好自己已被确定为副县级后备干部人选这个机遇，在乡党委书记的基础上再上一个台阶，这是许多人在仕途上梦寐以求的。

第二条路是放弃千载难逢的机会，去扶贫办任职，继续跟黄土地和农民打交道，探索致富的道路，带领全县15万贫困人口脱贫奔小康。但这条路未来怎么样，谁也看不清，谁都不知道。

得知李双星要去当扶贫办主任，之前的很多老朋友、老同事都说他“傻”。

对于亲戚、朋友们的说三道四，李双星总会耐心地跟他们说：

“我知道你们是在关心我，为我着想。你们说的这个问题我早想过了，我是从农村出来的，体会到了穷怕了是什么滋味，我就是想干扶贫事业，想带领乡亲们彻底改变贫穷的面貌，过上衣食不愁的好日子……”

见李双星态度如此坚决，亲戚、朋友们也都不再说什么，只好跟他说：

“双星啊，咱们县是个贫困县，扶贫工作不好做啊，就你那一根筋的脾气，工作中可悠着点啊，别干起工作来不要命，把自己的身体搞垮了！”

打井踢开了扶贫第一脚

俗话说，万事开头难。

县扶贫办成立了，李双星成为县里扶贫工作的带头人，但扶贫工作到底如何开展，扶贫工作又能达到什么样的效果，一切还是个未知数。

扶贫办成立之初，加上李双星也只有三个人，甚至连办公室的地方都是租来的。

工作条件差没有什么，毕竟做这项工作就会面临很多困难。可是扶贫工作没有任何经验可以借鉴，一切都要从零开始，这让李双星着实费了一番脑筋。

“从哪里入手？怎样打开局面？”成为李双星上任后，一直苦思冥想的课题。

看到他一头扎进扶贫工作，有人说：“一个二级局的小部门值得这么拼命干吗？再说扶贫工作又能干出什么名堂呀？”

还有朋友说：“你在乡镇辛苦了二十多年，到了部门科局也该轻松轻松了。”

对于这些问题，每次李双星都会微笑着认真回答：

“部门虽小，责任重大，在这里，我可以借助国家扶贫政策兑现我曾经给百姓们的一个承诺，就是‘等国家富强了，把从农民手里要的钱给农民补偿回来’。”

阜城县贫困状况到底是什么样一个情况？如何开好扶贫工作这个头，走好扶贫工作第一步呢？

此时，发生的一件事给了李双星很大的震动。

2002年4月，李双星刚刚出任阜城县扶贫办主任不久，县里就出了一个轰动性事件。

一名曹姓中年汉子怀揣一把利刃，在县政府门前徘徊许久之后，把刀插进了自己的腹部，痛苦万状，蹲在县政府大门口。

这一幕正巧被刚下班的一位副县长看到了，副县长立即让秘书和司机把这人紧急送往医院。

原来，这位中年汉子为了响应县政府的号召，建了七个大棚种植蘑菇，由于经验不足、管理不当，再加上天不作美，赔得一塌糊涂。

因为是政府引导建的大棚，这位老实巴交的农民面对巨大的损失，一时想不开，竟想到了用自残这种方式来引起县政府领导的注意，以博得同情，弥补一些损失，使生活能够继续下去……

这件事情给了李双星巨大的震动，也让他更加清醒地认识到，扶贫工作如果做不到位，是会出大问题的！

面对如何解决百姓的疾苦，完成县领导重托，李双星陷入了沉思。

他想到了那位帮自己推车的乡亲，想到了那个浑身湿透了开着拖拉机送自己回单位的淳朴的汉子，仿佛看到了他们虽然生活困顿，却依旧忠厚善良，朴实勤奋。

初春的夜里透出清凉，站在县城的高处望去，万家灯火。

这个县城对李双星来说太熟悉了，当年，如果不是为了照顾父母选择了回乡，他可能早已经是个像模像样的城里人了，与其他城里人一样，过着早出晚归、轻松惬意的生活。

然而，李双星从不后悔当初的选择，反而为自己感到骄傲。因为他不只是为自己活着，他已经习惯了看到更多的人过得越来越好。

白天这位中年汉子的所作所为，深深震撼了李双星。

他没有早早地回家，而是一个人留在办公室，望着窗外思绪万千，心情久久不能平静。

他的脑海中，不断地闪过乡亲们沧桑的面容，想到那些拉着他的手，渴望过上好日子的那份期盼的眼神……

李双星在田间地头

李双星暗暗下定决心，既然组织上把扶贫工作的重任交付给了我，国家还有这么好的政策，我一定要顶起全县扶贫工作这片天，让贫困的乡亲们能够富起来，过上好日子。

“不干则已，要干就一定要干出点名堂！上不负党恩，下不负民愿！”

从那一刻起，李双星发誓要让阜城县的扶贫事业风生水起，让阜城的贫困百姓感受到实实在在的实惠。

刚刚走马上任，李双星便立刻投入到了紧张的工作中，为了准确掌握全县贫困现状，他带领其他两位同志，一边认真学习研究国家扶贫的政策，一边深入到每一个村镇，对农村贫困情况进行调查摸底。

为此，李双星和两位同事用了6年时间走遍了全县610个行政村，掌握了大量的第一手资料。

回忆这段经历，李双星感慨万千。他自豪地说，通过走乡串村，自己已经成了全县的活地图，哪个村在哪个位置，有多少户人家，哪些人家是真正的贫困户，心中一目了然。

下乡调研

“说实在的，那段时间一直在乡下转悠，吃不好，休息不好，也确实很累，但一想到如果摸不到真实情况，扶贫也就成了纸上谈兵，上愧领导，下愧百姓，我这个扶贫办主任也就成了摆设。

“最关键的是，通过深入农户，不仅可以了解实情，还能让乡亲们知道，党和政府始终惦记着他们，国家的扶贫政策会让他们早日摆脱穷困，过上好日子。”

正是通过实地查访，接地气、体民情，知己知彼，李双星的扶贫工作真正做到了横向到边，纵向到底，具体到户，让精准扶贫成为现实。

在调研的过程中，李双星发现影响村民收入的关键是水源，水是生命之源，水是农民脱贫之根，水是扶贫工作之本。

然而，当时阜城县的一些贫困村，村民们普遍面临着吃水难的境况。

“有了水，农民生活才有可靠的基本保障。我必须想办法先解决农村吃水难的问题。”

为此，李双星开始四处奔波，从省、市再到县，争取扶贫资金和项目，为村民解决打井和配套设施问题。

那段时间，李双星和同事们每天往返于各个乡镇贫困村，亲自查看打井工作落实进度。经过不懈努力，一眼眼的水井打了出来，农村缺水问题得到了解决。

受惠的老百姓们口口相传，县扶贫办真心实意地为农民办实事、办好事的美名一下传播开来。

通过一个多月的下乡走访，李双星选定了全县四十个重点贫困村，他把各村的状况、农民的真实想法，有什么需求，存在什么顾虑，都一一做了记录。

在走访的过程中，李双星发现一个现象，就是很多贫困户没有致富观念，好多人都是单纯地“等靠要”。

“老百姓的贫穷是有劣根性的，如果思想观念不改变，受苦受穷的日子不会有根本的改变。”

“以前有句口号叫作：要想富，少生孩子多种树。有的地方也叫‘少生孩子多修路’，依我看，不管是多种树也好，多修路也好，关键还得有强烈的脱贫愿望，有科学的致富手段，有带领大家发家致富的领路人！”

通过摸底，李双星深有感触。在他看来，贫穷不可怕，可怕的是老百姓苦于发家无术，习惯了这种贫穷。

与物质帮扶脱贫相比，思想观念上的脱贫更加势在必行。

李双星说，脱贫这件事，必须是政府与百姓联动，剃头挑子一头热，只会是一时的政绩效应，没有办法从根本上解决贫困问题。

“我要做的是真扶贫，扶真贫。不仅我们扶贫办的同志要动起来，贫困乡亲们也要动起来，俗话说得好，‘人心齐、泰山移’，对扶贫工作，只有上下一心、一起努力，乡亲积极支持扶贫举措，我们的扶贫工作才能够真正落到实处。”

流动的扶贫大喇叭

李双星立志要在全县贫困村推广设施蔬菜大棚，通过大棚推动精准扶贫的主要原因，源于他刚上任时遇到的一个挫折。

2002年4月，李双星就任阜城县扶贫办主任后，实施的第一个扶贫项目就是发展“扶贫周转羊”“扶贫周转猪”。县里用一百多万元扶贫资金买了羊羔、猪崽，分配到当时全县的40个重点贫困村。

几天后，李双星抽查养殖情况，他来到倪庄村一户扶贫重点的人家。他问老乡：“羊呢？”

老乡说：“死了。”

李双星不甘心：“死在哪儿了？我去瞅瞅。”

老乡回答说：“埋了。”

李双星又接着问：“埋在哪儿了？”

到这时，老乡回答不上来了。

原来，这个老乡和很多老乡一样把每只价值500多元的羊羔，以一二百元的价格卖掉了。

问卖掉羊的原因，老乡说，先管眼前吃饱，不管以后挨饿。

李双星再一了解，类似的情况不在少数。这件事对他触动很大：“这么扶贫，十年也见不了成效！”

为了改变现状，实现科学扶贫，李双星在对全县贫困村进行走访的同时，还专门对周边几个省份进行了调研。

经过一番调查，李双星发现全县种植小麦、玉米的农业产业结构太单一，农民土里刨食、靠天吃饭，所以收入一直在贫困线以下。他根据当地土壤情况和种植西瓜的传统，决定把设施瓜菜种植作为全县的主导扶贫产业。

种植设施瓜菜具有投入少、见效快、市场前景好、技术易掌握、当地群众有种植基础等特点，最适宜阜城县县情。

然而，将设施瓜菜种植作为主导扶贫产业，也存在一定的风险。

原来，早在1994年，阜城县就曾在全县下大力尝试推广棚菜种植，但由于当时的天气灾害和市场销售等原因，许多种植户不但没有赚到钱，反而赔了钱。

为此，当地群众还编了一句顺口溜，认为发展大棚就是“一年欢，二年蔫，三年拆棚运竹竿”。

但同一件事情，做法不同，效果也会不同。

当年，全县推广棚菜种植时，任大龙乡乡长的李双星也帮扶了一个村，凭借技术服务到位、打开市场及时，他所帮扶的村竟然成了当时全县唯一一个没有受损失的村。

“大棚还是有希望的，关键是棚子怎么建、建起来怎么管、怎么用的问题。”

看准了方向，李双星下定决心搞大棚。

“别的地方都弄成了，咱们又不笨，凭什么成不了？”

李双星清楚地知道，仅仅凭借一个村子的成功，很难去说服其他贫困群众大面积开展大棚种植。

但是再难，坚定了信心还是要迎难而上。

为不影响农民正常的生产生活，让更多的贫困乡亲们打消顾虑，走出失败的阴影，参与到大棚扶贫工作中来，李双星决定亲自上阵，号召乡亲们种大棚。

怎么样做好宣传，让乡亲们了解并接受呢？李双星想到了大喇叭，他深知乡亲们对大喇叭有一种传统情结。

提起大喇叭，上了年纪的老人们是熟悉得不能再熟悉了。

在集体劳作年代里，大喇叭就是全村统一行动的号角。即使到了现在，大喇叭也是村村必备的联络工具。

谁家有了红白事，谁家娃子考上了大学，村里有了什么重大活动，大喇叭一广播，响彻全村，晓谕百户。

……

这个曾经响彻中国大地的大喇叭，如今为李双星打开扶贫工作局面立下了汗马功劳。

说干就干。每天利用中午、晚上时间，李双星带着同事，挨着村地走，他们在村委会找一间屋子，给乡亲们讲解棚菜种植的技术和收益、市场行情、生产前景等等。

那段时间，他和两个同事常常是一晚辗转两三个村，虽然很疲惫，但李双星却乐在其中。

然而，一朝被蛇咬，十年怕井绳。尽管他走街串巷，费尽口舌，乡亲们却并不买账。

为了避免冷场，每次李双星来，村支书都要专门找两个人听他讲课，即使这样，听课的人也是各忙各的事情，你在上面讲你的，我在下面说我的，能听见就听一耳朵，听不到就拉倒。大家被几年前那条“井绳”吓怕了，谁也不愿拿自己当试验品。

面对冷冷清清的场面，李双星并没有觉得尴尬和气馁。只是两位同事实在受不了这种冷落，怎么说自己也是政府的工作人员，每天辛苦奔波，为乡亲们着想，可他们却不领情，自己放着轻松的日子不过，这样跑来跑去实在是自找罪受。

每每如此，李双星都会安慰他们说：“算了，就当是写材料累了，出来放松放松吧！”

李双星知道，让乡亲们信服需要一个过程，需要拿出真东西来，让乡亲们得到实惠，不然即使你讲得天花乱坠，乡亲们也不会买你的账。

扶贫办的同事说：“李主任一再叮嘱我们，永远不能对问上门来的老百姓说‘不清楚、不知道’。属于咱扶贫办管的，要想办法第一时间帮助解决；不属于咱管的，你要也说出一二三来，给老百姓指条明路。”

开始的那阵子，面对着冷清的大喇叭，李双星说：“我这人韧劲儿上来了，九头牛也拉不回。既然认准了大棚扶贫，绝不轻言放弃。讲堂再清冷，只要坚持下去，总有一天，乡亲们也会理解的。”

“哪怕只有一个人在听，我也要好好地讲。”

功夫不负有心人。不久，听课人少的情形就发生了变化，那些无意中仔细听了讲课的人回去后和亲朋好友说：“你们都去听听吧，李主任讲如何致富，我感觉到确实实用，不是在玩花架子糊弄我们呢！人家好歹也是县里的领导，现在还有这么好的‘官’，说话跟咱老百姓说话一样。”

有人说，这世界上最远的距离不是你在地球的那一端，我在地球的这一端，而是我与你面对面，却无法交流。

为了让乡亲们过上好日子，那些日子里，李双星没少奔波。然而，让李双星没有想到的是，提着大喇叭，最初打动乡亲们的，并不是他宣讲的什么国家政策、致富信息，而是他“现在还有这样的官”的朴实形象。

和群众在一起最快乐

对此，李双星深有感触：有人说农村工作难做，农民工作难做，其实说到底，还是这些“官员”没有真正地沉下去，没有让乡亲们把他们当作自己人。

以前，乡亲们看惯了部分官员的前呼后拥，很少见到拎个大喇叭、说着老百姓喜欢听的话的官员，因此观望多于交流也是很正常的。

“其实，这也是乡亲们在‘考察’我呢！”

提起往事，李双星也开心地笑了起来。如果不是自己心里始终装着百姓，时刻与乡亲们以诚相待，通过了考察，哪还有后来的和谐局面？

从最初的看热闹，到后来听内容，不知不觉间，李双星逐渐在村里、在农民心中打开了局面。

听他讲课的人也从一开始的两三个人，逐渐发展到了五六个人，再到后来四五十人。有时候屋子里站不下了，人们就站在门外隔着窗户听。

见此情形，李双星便把课堂搬到了院子里。再后来，人越来越多，一个院子也站不下了，他就把课堂安排到村里的大广场上。

晴天如此，有时候遇到了刮风下雨，村民们听课的热情也丝毫不减。

一次去一个偏远的村，走的时候天还好好的，不巧走到半路天下起了雨。

同事问李双星：“主任，咱们还去不？”

“去，既然说好了，一定要去，不能让乡亲们等咱，失了信用。”

由于下雨，道路泥滑，下车的时候一不小心，李双星摔了一跤，弄得满身都是泥。

村干部问他：“李主任，要不咱今天不讲了吧，换身衣服，休息休息？”

“今天来了多少人？”李双星并没有顾上衣服，问村干部。

“十来个人呢！”

“讲，必须讲！也不用换衣服，现在就开始，不能让大伙等急了！”李双星一边说着，一边大步流星了走进了屋。

等在屋里的乡亲们见李双星一身泥水还坚持来讲课，都情不自禁地站起身来为他鼓掌。

讲完后，有村民问：“李主任，什么时候再来？”

还有人问：“李主任，下一场在哪个村？”

正所谓“精诚所至，金石为开”。

只要你是真心实意地替老百姓着想，乡亲们也会发自心底地认同你，支持你。

乡亲们打心底里喜欢上了李双星的课，用他们的话讲，就是“听了李双星主任的课后，感觉心里特别亮堂，有希望、有底气”。

自此以后，只要李双星到各个村子轮流讲课，都会有一些村民自发地跟随他的脚步到别的村听课。

夜晚召开的扶贫会

对此，个别村的村民还半开玩笑地说，那谁谁谁，不是给你们村讲了吗，咋还跑到我们村来听了？

看着那些曾经抵触的村民们致富的热情被激发出来，虽然每天奔波在村与村之间很疲惫，但李双星感到了前所未有的快乐，看到了大棚致富的希望！

尤其难能可贵的是，在他的带动下，一些原先热衷于打麻将、吃吃喝喝的村民，也开始主动学习起来，都渴望成为一个有知识、有文化、掌握科学种植方法的新型农民。

穷则思变。在这些贫困乡亲们看来，李双星勾画的美好蓝图，足以让贫瘠的田地变成聚宝盆，让未来生活充满希望！

后来，随着听课的人数越来越多，为了让乡亲们对大棚有直观印象，李双星还把课堂开到了大棚地里，被称为“夜晚扶贫会”。

那段时间里，李双星的“夜晚扶贫会”和“农民夜校”成了“阜城一景”，是家家户户的谈资。

为了不耽误“夜晚扶贫会”和“农民夜校”，李双星也养成了一个习惯，一般情况下不在外面过夜，只要有可能，不管出差多远，都要赶回阜城。

一炮打响的设施农业——瓜菜大棚

眼见着贫困乡亲们种植设施瓜菜大棚的热情被调动了起来，李双星心里充满了成就感。

然而，为了验证自己的扶贫设想，也为了少走弯路，他决定分步实施这一精确扶贫举措。

具体来说，就是先找一个村试点，通过试点效果再带动更多的村，直至所有的贫困村全部实现种植设施瓜菜大棚。

为此，李双星找来漫河乡前八丈村和倪庄村的村干部，把自己打算让这两个村作为种植大棚西瓜试点的想法告诉了他们。

听完李双星的打算，两个村的村干部都表示欢迎。

“李主任，这个想法挺好，就怕老百姓手头没有建大棚的钱啊，还有种植大棚西瓜，技术力量能跟上吗？”

他们表达了自己的疑虑。

李双星笑了：“我就知道你们会提这个，其实这些我早就想过了，也提前作了打算。资金和技术力量都好解决，关键老百姓们得支持啊！”

“这个没有问题，我们去做工作。”见李双星这么有信心，两个村的村干部当即表示，完全支持。

尽管李双星打算通过扶贫试点，以点带面，推动全面脱贫。但真正落实起来，还是遇到了很大的困难。

钢架棚内景

听说要在本村搞瓜菜大棚，前八丈村的很多村民打起了退堂鼓：“一亩大棚需要4000元的成本，政府补贴400元，资金主要靠贷款，投出去的钱能赚回来吗？”

“卖不出去我个人全包！保证大伙收入比种棒子翻一倍！”李双星当场表示。

经过多次动员，终于有18户村民同意参加第一批480亩大棚试点建设。

甜瓜与西瓜间作模式

在李双星看来，虽然参加试点的村民还不多，但星星之火，可以燎原。只要第一批试点成功，后面会有更多的贫困村和贫困户加入进来的。

第一次搞大棚西瓜试点，李双星的压力比种植户还大。

扶贫工作能不能取得开门红，这次试点太关键了。对他来说，开弓没有回头箭，试点只能成功，不能失败。

为此，李双星天天往大棚里跑。为了让农户科学施肥、松土、育果，李双星从省农科院请来专家，为大棚户们讲解种植知识，又专门从山东寿光请来大棚能手长期驻村指导，生怕有半点闪失。

那段时间里，李双星带领两位同事，几乎吃住在农户家里，没日没夜地对“大棚如何搭建，设施瓜菜如何选种、播种”，挨家挨户、手把手地进行指导。

同时，为了将来打开市场，李双星未雨绸缪，组织村里的年轻人出去找市场、做宣传，并邀请蔬菜批发商人前来参观。

尽管做了周详的防范，但怕什么来什么，一场突如其来的天灾还是差点让李双星的扶贫计划泡了汤。

2003年4月的一个晚上，一场暴风雨突袭了漫河乡。西瓜大棚一片狼藉，柱子东倒西歪，棚膜被刮得七零八落。前八丈村的村党支部书记带着哭腔给李双星打电话：

“李主任，这下村民全赔本了，可咋办啊？”

那一刻，应该是李双星一生中最艰难的时候。

当时，他刚赶到山东济南，打算陪护癌症复发的妻子何丽霞做化疗。

一边是重病的妻子，一边是奄奄一息的致富星火，该如何选择？

漫河西瓜节开幕式

犹豫再三，李双星还是回到了阜城。他一边带领大家把倒塌的水泥柱扶起来，一边联系农资公司送棚膜、联系山东的农企送茄子苗和西红柿苗。

李双星带着种植户在大棚里干了两天两夜，突击把大棚整修好，把受伤的西瓜苗扶起，受损缺苗的地方补种上茄子或西红柿苗。

直到大棚完全修整好，补种结束，他也没和任何人提起妻子的病情，面对愁眉苦脸的受损乡亲们，他还要面带微笑，故作轻松地去安慰。

苍天不负苦心人。由于抢救及时，两个试点村的大棚西瓜当年都获得了大丰收，每亩收入达4000元，补种了新苗的村民还获得了额外收益。

经历了这次考验，李双星也落下了“晚上起风就睡不着”的毛病。

前八丈村和倪庄村打响了阜城大棚瓜菜种植的第一枪。

随后，李双星把三里铺村、许家铺村、后八丈村等贫困村陆续列入扶贫计划。

再后来，非贫困村也加入了建棚队伍。

如今，在阜城县，在贫困群众心里，李双星就是一面旗帜，旗指向哪里，乡亲们就会往哪里聚拢。

李双星说哪个新品种有市场，大伙儿二话不说就跟着种。

李双星建议大家改变种植模式，下一季大棚里一准变了样。

……

对此，李双星依然保持着谦虚、平和的心态。在他看

西瓜品种展示

选瓜王

来，自己只是做了分内的事，能够让阜城县的贫困村整体消灭贫困，是自己最高兴的一件事情。

李双星用他的智慧和勇气，为一个个贫困村和贫困农户，打开了一扇扇通往富裕的大门。

在乡亲看来，只要有李双星在，没有克服不了的困难，没有解决不了的难题。国家富民政策给了老百姓脱贫的希望，李双星用真心真情发动并带领老百姓脱了贫。

更主要地，以前老百姓会对政府部门的一些同志敬而远之，对一些人浮于事、不作为、乱作为、与百姓离心离德的做法敢怒不敢言，背后少不了流言蜚语。自打李双星来了后，他用自己的一言一行，让乡亲们真切地感受到了政府对老百姓的关怀，拉近了政府在老百姓心目中的距离，提升了政府官员在群众中的形象。

政府的公信力在哪里？政府的威信从哪里来？

急群众所急、想群众所想，帮群众所忙，解群众所难，只要能够扑下身子，与群众打成一片，就没有处理不好的关系。

李双星用自己的实际行动给出了响亮的回答。

第四章　扶贫故事

三里铺村——小伙儿成了“抢手货”

随着漫河乡瓜菜大棚试点的成功，更加坚定了李双星大棚扶贫的信心。

李双星到贫困村为棚菜种植户讲解瓜菜技术

在他看来，瓜菜大棚“投入少、见效快、前景好”，本着“试点先行、以点带面、整体推进”的发展思路，确保扶贫一片，致富一片，带动一片，县扶贫办决定继续在群众基础好、致富愿望强的阜城镇三里铺村实施“细胞工程”，也就是“精准扶贫”。

“其实说一千道一万，老百姓对于扶贫工作也有一个从观望到参与的过程，正因为需要先期的投入，好多人怕失败了钱打了水漂，所以热情很高，但参与度不高。我的想法就是通过实打实地搞一个示范村，一个村子成功致富了，必定会影响和改变其他人和其他乡镇，从而吸引更多的贫困村参与进来，达到以点带面，共同致富的目标。”

冬暖棚外景

冬暖棚内景

李双星这个想法，得到了扶贫班子的认可。

说了算，定了干，再大困难不能变。

李双星为每一名扶贫干部划包了8至10个贫困户，从解放思想、大棚建设、技术指导、产品销售等方面，统一标准、统一进度，为贫困户提供全方位、链条式服务。

不到两年时间，三里铺村便发展了冬暖式大棚170多个、春秋棚230个，总面积达到900多亩。

由于乡亲们掌握了科学的瓜菜大棚种植方法，设施瓜菜长势喜人。

走进大棚，红彤彤的樱桃、粉嫩的西红柿散发出诱人的色泽，在市场上销路都非常好。

一年下来，三里铺村年收入竟然达到了800多万元。

对此，李双星比任何人都要喜悦。眼见着贫困户们一个一个地摘掉了贫困的帽子，尽管自己依旧拿着微薄的薪水，但那些致富的乡亲们收入远远高于自己，他却感到了一份前所未有的成就。

一枝独秀不是春，百花齐放春满园。对李双星来说，衡量自己称不称职的唯一标准，就是乡亲们能不能在自己的带领下尽快实现脱贫致富的梦想。

如今，他做到了。而他下一步要做的，就是带领更多的贫困乡亲们，实现集体脱贫，共同富裕。

三里铺村率先富了起来，富裕起来后的故事也多了起来。

因为手里有了钱，农民的腰杆也硬了起来。昔日这个外地女孩不愿嫁入的贫困村，一下子成了大姑娘争嫁的富裕村。

村里原来有个小伙子，人长得精神，就是家里穷。父母托了好多媒婆给他介绍对象，可是人家姑娘一听说男方家是三里铺村的，连面都不见就黄了。

后来经一个在外打工的村民介绍，小伙子结识了一个外省的姑娘，人长得漂亮，对小伙也挺满意，可是，到了三里铺一趟，死活就再也不愿意来了，临走丢下一句话：要想继续处，就跟她到外省去生活，不出去就分手……

因为这个小伙子是家里唯一的孩子，两个人的亲事跟着没戏了。

三里铺村被确定为大棚示范村后，小伙子家第一批建了大棚，来年，大棚获得了大丰收，不仅新建了房子，还添置了新的家具，扩大了大棚面积。

那个外省的姑娘从工友那儿听说了这件事后，主动来到了三里铺村，要求和小伙继续相处，而且还要留下来和小伙一同创业。

“种下梧桐树，引来金凤凰。”这件事一下子在村子里引起了轰动，那些没有对象的小伙子们都有了劲头，在外打工的大姑娘小伙子也都纷纷跑了回来。

按他们的话说，给别人打工，辛苦不说，还得看别人的脸色，哪里比得上自己创业自在，收入也比打工高多了。

钢架棚外景

“这得感谢李主任，原以为我们要打一辈子光棍，如今，外地的姑娘们纷纷托人来我们村里相亲，我们从‘相亲老大难’变成了‘抢手货’。没有他，哪有我们今天的幸福生活！”见到有人来采访、了解李双星的事迹，村民们纷纷竖起大拇指。

钢架棚内景

不仅村里小伙们的婚事不愁了，连结婚的彩礼、陪嫁也有了新形式。

村民史长训的女儿要结婚了。女儿出嫁是件大喜事，按照当地传统和民俗，闺女出嫁是要送嫁妆的。放在以前，嫁妆无非是电视、冰箱、洗衣机等家电或生活用品。

如今富起来了，选择嫁妆的时候，女儿竟然提出了一个新颖奇特的要求，她说：“给座金山银山，不如给所能提钱的‘大棚银行’。”

史长训满足了女儿的要求，把四亩大棚作为嫁妆送给了女儿，结果当年就收入了3万多元。

“女儿出嫁送大棚”，一度被十里八乡传为佳话。

三里铺村也让李双星一炮打响。

如今，李双星只要往村里走一走，乡亲们都会亲切地和他打招呼，热情地和他聊一会儿天。在他们的心目中，李双星是他们脱贫致富的“大救星”。

乡亲们对于李双星的感激之情，表达方式也是各不相同。

很多人会问：“李主任，我那几亩地，今年该种点啥？”

有的会把李双星拉到一边，耳语几句，说一说今年的收入，露出开心的笑容。

让李双星最自豪的是，“农民种大棚，赚了多少钱，是‘商业机密’，连亲戚都不透露，但会喜滋滋地主动告诉我”。

棚区现场指导

有的人会告诉李双星：“儿子说上媳妇了，记得到时候去喝喜酒。”

有的说：“儿子满月了，请客的时候，欢迎李主任到时候来家里坐坐。”

……

三里铺村的成功，是李双星扶贫团队的成功，更是阜城县扶贫办在探索精准扶贫新途径上开的“第一枪”。打响了这第一枪，更坚定了李双星和他的基层扶贫队伍实施精准扶贫的信心。

其实，在三里铺村红红火火开展大棚种植的时候，其他村的村民们都是观望着，如今，三里铺村富起来了，那些还心存顾虑的乡亲们坐不住了，他们找到村干部，让村干部去请李双星给自己村上大棚。

那段时间，三里铺村成了十里八乡村民们学习观摩的典型。先后有70多批其他乡镇的贫困村农民主动到该村来学习观摩。

没多久，致富大棚的星星之火便蔓延到了150多个村。随后，那些建了大棚的村民，很快也尝到了致富的甜蜜与喜悦。

百闻不如一见，成功的典型，统一了广大贫困群众的思想认识和发展观念，也使县委“西菜东扩、产业扶贫”的战略更加深入人心。

三里铺村精准扶贫的成果，也得到了县委、县政府领导的重视，他们对李双星扶贫工作取得的“开门红”给予了充分肯定，并鼓励李双星乘胜追击，扩大扶贫成果。

上有领导重视，下有成功案例，李双星和他的扶贫班子对大棚扶贫更加信心百倍。

许家铺村——要致富先得拿下“堡垒户”

“我们实施精准扶贫，不仅要实现面对面、点对点的扶贫，还要保证扶贫效果，真扶贫、扶真贫，扶贫一村保证一村全面脱贫致富。由于初期扶贫办人手少，扶贫经验不足，基本上是摸着石头过河，因此，我们在确定精准扶贫时，还是本着以点带面的思路，重点抓示范村建设。”

李双星和他的扶贫办一班人带领三里铺村致富后，根据村民们种植大棚的意愿，经过筛选，把下一个目标瞄准了许家铺村。

许家铺村位于阜城县城南，距离县城不到五公里。全村共有村民286户，856人，有耕地2400亩。

在李双星到来之前，许家铺村是有名的穷村。

之前，当地流传着“距离县城十里路，有女不嫁许家铺”的说法。村民们都生活在“露天厕、泥水街、压水井、鸡鸭院”的环境中。

这里还曾流行一段顺口溜："喝稀饭，拉牛套，合乡并镇都不要；穷的多，富的少，招商没人理，引资办不到。"

有人给许家铺村做过总结，概括起来就是"三多"："光棍多，穷人多，坯房多。"

许家铺村之所以贫困，其实原因很简单：全村一无矿产资源，二无工业项目，全村人靠种植玉米、小麦和棉花为主。

由于先天条件不足，给村民们的创收造成了极大的影响。村民们再勤劳，年收入也非常有限。

2007年之前，这个村的人均纯收入仅有600多元。

"人穷志短，马瘦毛长。"贫困给村子里带来了很多问题。

许家铺村旧貌

昔日的许家铺村，村委班子像走马灯一样换了一茬又一茬，但许家铺村始终发展不起来，由于穷，是非也多，打架、赌博、缠访闹访等事件频频发生。

许家铺村的情况，李双星在最初调研时就看在眼里，谋在心里。在他看来，许家铺村虽然穷，但也有自己独特的优势——

地理位置好，距离县城近；

靠近交通要道，交通便利；

地处平原，村民平均每人能够分到三亩耕地，土地资源较为丰厚；

这里早年就有种植西瓜的传统，沙质土壤产出的西瓜个儿大、皮薄、含糖量高，有着得天独厚的产业优势；

……

鉴于此，2007年，许家铺村被列入阜城县第三批贫困村，成了重点扶贫对象。

那时，李双星到扶贫办已经五年多了，做出了不少实绩，他已有了一大批拥趸，有了很多成功经验，是受人爱戴的“李扶贫”了。

因此，一直戴着贫穷帽子的许家铺村，得知李双星主任要到村里示范，大多数老百姓非常高兴，他们早就盼望着这一天快点到来，这样自己就可以脱贫致富了。

昔日的许家铺一个农家院落

正当李双星准备在许家铺村大干一场，推广大棚西瓜种植时，却遇到了意想不到的阻力。

在全村大棚西瓜种植动员会上，村里素有“小诸葛”之称的许洪顺站出来，话头直指李双星：

“你讲得津津乐道，我听着咋都不对口味。现在婚姻都自由了，更别说种什么了。我家的责任田，我说了算，我想种啥就种啥，关你吗事？俺们村祖祖辈辈都种小麦、玉米，你却让我种西瓜，简直是‘摁着老虎啃麦苗’，我老虎拉碾子，还就不听你这一套了。”

说完两手一甩，带着几十个坚定种粮食的村民愤愤而去，给了李双星一个大大的下马威。

如此尴尬的场面李双星还是第一次遇到，村干部们也都气得脸涨得通红，他们没有想到，大多数人支持请来的李主任，竟然让这少数人给搅和得下不了台。

这是多大的好事啊，好多贫困村还没有机会排上示范，许家铺村好不容易被选定为重点扶贫对象了，却发生了这件事。村干部们生怕李双星生气甩袖子不管了，一边连连道歉，一边找人去叫那些跟着许洪顺走的村民回来。

“我不生气，他们还是思想没打开、目光看得不够远，习惯了循规蹈矩，等明年他们富起来，会想通的。”李双星无奈地苦笑了一下。

干大事不拘小节，李双星没有生气，也没有责怪许洪顺的粗暴无礼。

李双星仔细想了想，觉得老许说得也并不是一点儿道理没有，村民们已经习惯像祖辈一样耕作粮食作物了，他们担心种大棚一旦失败，别说致富了，连饭都会吃不上。毕竟种粮食的套路他们熟悉，也相对拿手，常言道，手里有粮，心里不慌嘛。

虽然少数村民有顾虑，但李双星对此却毫不担心。对于大棚种植西瓜的可行性，他已经反复考察论证过了，他不会因为个别村民的几句牢骚和不同意见就改弦易辙。相反地，他要用行动彻底打消那些人的顾虑。

李双星觉得，许洪顺的一记下马威，其实也是给自己提出的要求，大棚种植西瓜只能成功，不能失败。

许洪顺狠话甩出去了，把李双星的动员会和讲座也搅黄了。

事后，他冷静下来想了想，也觉得自己的做法欠妥当，有点急躁，态度上有些过激。

“无论如何，人家李双星是来扶贫的，他图的是啥，不就是想带领乡亲们脱贫致富嘛！人家好歹也是一名领导干部，自己在全村老百姓面前让李双星下不来台，回头说不定得‘挨治’。”

提起当年自己的鲁莽，许洪顺说出了自己的心里话，“现在想起来，还是挺对不住李主任的。”

那一夜，许洪顺翻来覆去地睡不着，他想第二天去找李双星道个歉，省得以后李双星给自己“小鞋”穿。

出乎许洪顺意料的是，第二天一大早，还没等他出门，李双星却来到他家里，笑眯眯地说："老许，看得出来，你是个拧人，我也是个拧人，咱俩交个朋友。这样，我拉着你去山东旅游一圈，管吃管喝，你去不去？"

"只要是免费的，我就去。"

许洪顺并不清楚李双星葫芦里卖的是什么药，但免费旅游这样的好事到哪儿去找呢？

"去，一定要去。"

几天以后，李双星带着许洪顺和另外几个村民一同赶往山东。让许洪顺没有想到的是，这次李双星带他来的是山东寿光。

在寿光的棚菜种植区，许洪顺第一次看到连成一片的大棚，那场面实在太壮观了，许洪顺心里动了一下。

见到远道而来的客人，当地的菜农们一个个面带喜色，热情地招呼着。

李双星带着许洪顺走进大棚，只见红的是樱桃，粉的是西红柿，绿的是黄瓜，紫的是茄子，虽然不是夏天，这里却是姹紫嫣红，硕果累累，一片繁荣。

联想到家乡的土地，再看看眼前瓜果飘香的丰收景象，许洪顺有一种深深的刺痛感，但他又说不出来是什么原因，反正这里和自己的生活差别太大了。

李双星对老许说："老许，别客气，要什么随便拿，我掏钱。"

虽然这些蔬菜家里也不缺，但听李双星这么说，许洪顺就随便拿了几个西瓜、几斤茄子。

他原以为这几样东西值不了几个钱，在家乡，茄子五毛钱一斤，西瓜八毛钱一斤，这些加起来也不过十几块钱。

可等到付账时，许洪顺傻了眼。就是这几样不起眼的瓜菜，竟然收了90多元。

"这里的瓜菜怎么这么贵呀？"许洪顺问。

“这还贵？你们是上门买的，要是送到市场上，还要贵呢！而且我们这些都是供应北京市场的，价格更高。”见老许这表情，菜农们笑了。

“是啊，那你们不都挣发了？”许洪顺调侃道。

“可不，我家两个儿子，都在城里买了房子、买了车，你想想市里房价那么高，没有这大棚，我供得起吗？”

老乡的话让许洪顺深受触动。往回返的路上，他不停地在心里打小算盘：这么一点儿菜就要90多元，那么一亩地呢，十亩地呢？山东的老乡不比我文化程度高，凭啥人家就能比我挣钱多？

李双星为什么要带许洪顺到山东寿光？

这正是李双星的高明之处。

李双星对许洪顺早有耳闻，他在村里也算是一个能人，对于许洪顺这样有思想的人，“言传不如身教”，李双星觉得说得再多，不如让他亲眼所见来得实在。

更主要的，李双星认识到，许家铺村要想做到扶贫工作整齐划一，离不开许洪顺给那些还有顾虑的人做一做表率。

这次李双星带许洪顺参观的是山东省寿光市孙家集街道三元朱村，位于寿光最南端，是全国冬暖式蔬菜大棚的发祥地。

1989年，三元朱村创造了冬暖式大棚。20多年来，三元朱村始终走在全国蔬菜批量生产的最前沿。

三元朱村党支部书记王乐义发起了中国北方蔬菜种植的“绿色革命”。三元朱村广大干部群众勇立农业科技的最前沿，博采各种最新技术成果，大棚科技含量不断提高，从根本上解决了农业低效问题。

而三元朱村，也是李双星多次取经之地，正是因为有三元朱村的成功取经，让李双星对发展大棚种植信心百倍。

因此，李双星决定带许洪顺来三元朱村“旅游”，可谓是“醉翁之意不在酒”。

果然，“小诸葛”也不是白给的，他一路走，一路观察，一路盘算，总算没辜负这趟“旅游”。

回来的路上，许洪顺不好意思地说：“双星主任，以后我甘愿当好小绵羊，就跟着您啃麦苗了。”

眼见着此行的目的达到了，李双星心中暗暗高兴，但他却若无其事地说：

“老许啊，以后许家铺村好多困难户还得麻烦你去引导引导，你也看到了，人家山东农村可是真有钱啊！”

“一定一定，我这次回去，就把我看到的，讲给和我一样想不开的人家听，我们一条心跟你干！”

如果说扶贫是一场攻坚战，那么许洪顺就是李双星在许家铺战场上的一个堡垒，攻破这个堡垒，冲锋号即将吹响。

许洪顺被李双星一心为民、诚心待人的举动所打动。自此，他成了李双星的“铁杆粉丝”，逢人便说：“‘会领导、会辅导，才是好领导’，李主任就是一位好领导！有他在，我们脱贫致富有希望了。”

见许洪顺都被李双星说服了，村里人都很好奇，想知道原因何在，有人问李双星，李双星总是一笑而过。问许洪顺，许洪顺也是哈哈一笑。

之后，李双星又多次组织村民去山东寿光参观。很多人家先是家里的男人去看一趟，回来后把感受向家里人说；第二次女人也跟着去，去两次都不行，还有第三次，这些考察的费用都由扶贫办解决。

“相比起扶贫来，思想比行动更重要，其实能够通过比较让村民们认识到贫富差距，激发村民们积极投入到脱贫致富行动中来，我觉得这钱花得值！”对此，李双星有着自己独特的见解。

正所谓“百闻不如一见，见多才能识广”。

李双星润物无声的思想工作方法，慢慢地改变了许家铺村的贫困村民们“等靠要”的思想意识，也让他种植大棚西瓜的主张得到了广大村民的一致响应。

村民们开始主动搭建大棚，种起了大棚西瓜。随着种植西瓜的人越来越多，大棚的规模也逐渐扩大。

到了第一年西瓜熟的时候，大伙再也抑制不住收获的喜悦：

"这大棚还真是神了，成了摇钱树。原来村里种玉米小麦，每亩收成才几百元，现在一亩地能够收上万元，还可以间种玉米，收成直线上升，西瓜还打出了品牌，以后的日子就会越来越好！"

随着西瓜大棚的遍地开花，许家铺村也开始让十里八乡的贫困村民们羡慕起来，他们再一次看到了李双星带领他的扶贫办一班人创造的奇迹。

三里铺村曾经的故事同样在许家铺村上演。

原先村里的小伙很难说上媳妇，如今，光棍们都娶上了媳妇，年轻人也都盖起了大房子，因为大棚种植，乡亲们的生活日新月异，每天都是那么充实。

现在听人讲起来，似乎也没什么，但事情经过远远不是这样简单几句话就能够概括的。

虽说这里有种植西瓜的传统，但大棚西瓜，还是新鲜事物。建大棚，农民没有钱，没有技术，西瓜成熟了，有没有销路？

上千亩的大棚西瓜成熟的时候，如果没有销路，会是什么样的后果？

村民们的这些顾虑，李双星和他的团队早有打算，他们专门给农民从金融部门找贴息贷款，从寿光请技术员，还要打井、供电，建农业设施。

2007年，冬季启动设施瓜菜扶贫产业项目；

2008年，发展春秋棚1200亩、育苗棚室100亩、小拱棚800亩；

……

到2012年底，全村瓜菜年收入达到了2400多万元，年人均纯收入达到1.5万多元，五年时间人均纯收入从600多元到1.5万多元，增长25

倍。

许家铺村不再是过去那个“闻名”的穷村了。村民们说，这一切的变化都与李双星的辛苦努力分不开。

村民们创作了顺口溜表达自己的感情，如今，这样的顺口溜在村里耳熟能详，随便找个人都能给你说几句：

双星带领扶贫办，点燃一盏灯，照亮一大片；
瓜农是机动车，他是加油站；
没钱买票先上车，没钱借鸡先下蛋；
扶贫扶出新民居，地绿楼高天蔚蓝……

村民们见到李双星经常开玩笑说：“李主任，你让我们过上了以前想都不敢想的好日子，我们应该如何报答你呀？”

李双星笑着说：“乡亲们对我的肯定就是最好的报答。”

让乡亲们过上好日子，这就是李双星最朴素的扶贫信条，也是他发自心底里的成就感与自豪感。

致富路上一个贫困户都不能落下

世界上一切事物都有内在的联系，所谓因缘，所谓努力之后的回报，都是一种看似不相干，却有着内在的必然联系。

在李双星的带领下，许家铺村实现了整体脱贫致富，然而，更大的惊喜还在后头。

2010年，阜城县有一个新民居建设省级示范点项目，在确定由哪个村示范时，李双星说，还是许家铺村比较好，原因在于：许家铺村原先是重点贫困村，经过扶贫成了有名的富裕村，当示范点，可以带动和激励那些贫困村，只有抓紧脱贫才会富起来，才会过上新式生活。

他的这一想法，得到了县委、县政府的支持。

不久，许家铺村作为全县唯一一个省级示范点，开始了新民居建设。

实际上，对“楼上、楼下，电灯、电话”的构想，村民们早就翘首企盼，羡慕了那么多年城里人，原先村里穷，盖不起楼，如今富裕了，他们迫切地希望也能过上和城里人一样的生活。

2011年春节前，许家铺村新民居一期工程顺利完工，成为许铺新村，全村整体搬迁，大家都住进了宽敞明亮的“7+1式”楼房。

“都说农家的炕头热，可是热不过咱现在的单元楼呀！”村民们额手相庆，高兴得合不拢嘴。

富裕又舒适的生活，真正让村民“服了”。

村支书许瑞旺说，自打许铺新村整体搬迁后，不仅村里的面貌焕然一样，村民的素质也有了很大的提高。以前有什么事，在大喇叭里喊半天也没有几个响应。如今，村里有事，大喇叭一广播，村民们

许铺新村大门

中共河北省委、省政府授予许铺新村文明村
（霍书平摄）

许铺新村连排楼房

立马就能动起来，都是积极参与，有钱的出钱、有力的出力。以前的“麻烦村”变成了今天的“和谐村”。村民们过上了比西瓜还甜蜜的好日子。村里十几个光棍也因西瓜种植喜结良缘，有村民说：这要放在几年前还是不敢想象的一件事。多亏了县扶贫办的双星主任，如果不是他，我们村大多数村民可能到现在还在温饱线上讨生活。

许瑞旺接受采访（霍书平摄）

“双星主任真心为我们好，好人呀！”许瑞旺感慨道。

其实，不光村支书对李双星充满了感激，村民们也都对李双星充满了感恩之情。

村民们说，许家铺村能够有今天这么大的变化，首先要感谢的就是县扶贫办的李双星主任，其次要感谢村党支部书记许瑞旺。许瑞旺的上任是许家铺村改变的关键一步。

2000年，许家铺村原任支部书记赵云智因病不能主持工作，乡党委在物色支部书记人选时，将目光锁定在了该村致富能手、共产党员许瑞旺身上。乡党委多次派人和他谈话，鼓励他竞选村支部书记。

当时，许瑞旺正经营着一家轧花厂，每年有十几万元的收入。生活无忧，因此当乡党委找他谈话，想让他担起村支部书记的担子时，他还是有很多的顾虑，一是精力上要分散，多多少少会影响到自家企业的运营；其次，当时村子还很穷，人心比较乱，当这个支书肯定要操不少心，说不定还会得罪人，实在不值当的。

许瑞旺把乡党委和他谈话的内容告诉了家人，并与他们商量，立马遭到了全家的反对，父亲坚持不让他接这个烂摊子，妻子更是不同意，一些亲朋好友也给他“吹凉风”。

许瑞旺说，当时自己的心里非常矛盾，可是，一想到乡党委那么看重自己，作为先富起来的，理当带动大家共同富裕，最后才下定了决心。

“作为一名共产党员，要有觉悟，自家生活虽然不错，但村里还有许多并不富裕的父老乡亲哪！”

于是，不顾亲人们的反对，许瑞旺参加了村党支部书记竞选，并高票当选，他义无反顾地上任了。那一年，他仅仅29岁。

上任后，许瑞旺广泛征求村民代表和乡党委意见，连续召开了支部会、党员会和群众代表大会，讨论确定了“改善环境、打造产业、规模发展、五年变样”的许家铺村发展思路。

支部一班人首先从改善关系村民稳定的生产生活环境入手，率领全村村民积极投入到县委、县政府启动的千顷洼治理改造工程之中，着力开展了植树造林活动。

经过几年不懈的努力，千顷洼奇迹般的以生态植物园的面孔展现在世人面前。站在植树造林攻坚战前沿的许家铺村因此“沾了光”，村内近四分之一的土地成了“绿色银行”。

许铺新村的绿化（霍书平摄）

为解决农民吃水和浇地难问题，支部一班人多次向乡镇党委政府提出申请，争取农业部门支持。

2002年，村里筹集资金20多万元，打了两眼深井，新上变压器两台，并盖起水楼子一座。有了井，村内近500亩的沙土地成了水浇地，广大村民也结束了“无井无电，靠天吃饭”的状况。有了水、有了电，村民们也不再因为村里原有的两个小井排队浇地、吃水而打架争斗了。

面对村集体收入的窘境，许瑞旺等班子成员在跑办项目、争取资金过程中的开销，大都是班子成员自己“掏腰包”，说是垫付，最后很多钱是拿不回来的。

李双星与种植户在大棚中查看瓜果长势

提到这个事，许瑞旺说：“我是一名党员干部，自己的家庭收入还可以，为村里办事，全村人都受益，这点钱我拿得起、拿得值！”

村支部班子成员的举动，深深赢得了村民的信任，一个以前经常上访的乱村没过几年就稳定下来。

许瑞旺说，双星主任就是我的榜样。我要像他一样为村民谋福利，踏踏实实为乡亲们做事。

在如何实现许家铺村的脱贫致富上，许瑞旺多次邀请李双星前来出谋划策，给出意见。李双星再忙，也会就如何建好大棚，种植过程中有什么注意事项等，细致入微地给予讲解和指导。

许家铺村是阜城最大的宗教聚集村。为不让一个村民在致富的路上掉队，许瑞旺组织党员与关系好的教民结对帮扶，1名党员分包5户教民，免费传授种植技术。

教民尤中立在许瑞旺的帮助下，建起了两个温室西瓜大棚，两年时间就盖上了4间大砖房。

如今，村里有大事小情，教民都积极献计出力，形成了党员和教民之间互相帮助、共同发展的良好局面。

村里建起了成片的大棚后，为保证西瓜质量，规范种植，李双星隔三岔五地过来指导，还动员许瑞旺成立了“长青藤瓜菜合作社”。

为把合作社做强做大，李双星和许瑞旺经过多次交流、沟通，决定从西瓜原苗抓起。为此，他们请来了省农科院的专家。

之前，大棚西瓜的苗种都要从外地购买，成本比较高，为了降低成本，村里决定自己育苗，为此还建起了500亩育苗大棚。

育苗大棚的建立，不仅满足了许家铺村全村2000多亩大棚西瓜的用苗，还为周边30多个村提供了秧苗。

为了打开销路，合作社统一购料、统一品质、统一价格、统一销售。为此，他们还专门申请了“京欣”“佳喜”等当家品牌，由于口感好、甜度高、瓜形圆、好运输，这两个品牌的西瓜销售得格外好，给村民们带来了丰厚的收入。

“购料不用管，秧苗不用愁，技术有保障，销售有订单，咱只需种好瓜就行了，真是省时又省力。”说起合作社时，村民们打心眼里信服。

“长青藤西瓜协会”会长、村支部副书记马德良，善于思考、勇于实践、乐于奉献，精通瓜菜种植和营销。从推广设施西瓜种植技术到组建西瓜协会，再到建设西瓜批发市场，他乐此不疲，冲在最前线。在李双星主任指导下，每年西瓜节前后，他更是跑北京、深圳、沈阳，多方联系西瓜销路，为全村的发展立下了汗马功劳。

对于当初发展大棚西瓜，村民刘爱月至今仍记忆犹新。

刘爱月因为家里穷，十几岁就到东北打工。2006年，得知村里要发展大棚，就想回家种大棚。他找到了李双星，在李双星的帮助下，他到银行贷了几千元，建起一个占地7亩的大棚，当年就收入5万元。

种了两年的棚菜，刘爱月不仅还清了借款，手中还有了自己的第一笔积蓄。2009年，在李双星的指导下，他又筹集资金新建了两个西瓜育苗棚，到年底一算账，全年共计收入18.5万元。他住上了楼房，买了车。

为了感谢李双星，他想请李双星到家吃顿饭，可请了几次都被拒绝了。

刘爱月不死心，请李双星吃一顿饭成了他的“心病”，几次邀请不成，刘爱月下了狠心，再见到李双星，一定要把他请到家里来。

在刘爱月的强烈要求下，李双星答应了，不过说：“老刘，你不是想请我吃饭吗？咱别去家里了，去镇上吃顿好的咋样？”

刘爱月听了喜出望外，可是他不知道李主任和他动了“心眼”，在镇上吃饭的时候，趁刘爱月没注意，李双星悄悄提前付了账。

接受采访时，刘爱月说，要是没有李双星主任和俺们村支书许瑞旺，我还欠着一屁股债，在外面打工呢。

如今的刘爱月老两口，有耕地20亩，其中大棚西瓜16亩，产量16万斤，产值14万元；小拱棚4亩，年产量4万斤，产值2万元，年总收入16万多元。

提起此事，许瑞旺说：“只要是我们村的村民，我们党员干部就有义务为他们服务，有责任让他们过上幸福的生活，在发家致富的道路上，一个也不能落下！”

许瑞旺常说，“诚信是杆秤，衡量着村风民风，决定着许家铺村的未来，你把客户欺骗了，你的瓜再好人家也不会来收了”。

几年来，外地来的客商都是电话订货，来了就装车，从来没有出现过一次质量问题，哪怕价格比其他地方每公斤多2角钱，客商们也争着要他们的瓜。

李双星的科学指导，村支部一班人的务实作风，为许家铺村打响扶贫翻身仗立下了汗马功劳。

如今，许家铺村形成了集冬暖棚、春秋棚和瓜棉间作、瓜菜间作等为一体的立体式种植格局，全村2400亩耕地全部种上了大棚西瓜，60余名经纪人提供配货、运输、销售等一系列的配套服务。

每年进入5月份，周边省、市的客商纷至沓来，一天就能销售西瓜50多万公斤。许家铺村已经成为远近闻名的西瓜生产专业村，他们注册了“漫河牌”西瓜商标，连续举办了6届漫河西瓜节，“漫河西瓜”品牌叫响了京津石等大中城市。

在李双星和农户的努力下，“漫河西瓜”入选了地理标志保护产品，受许家铺村的带动，漫河乡农民的收入也由全县倒数第一，一跃升到了全县的前列。

西瓜种植户焦丛新自豪地说：“以前，我们漫河乡每户人家一次还拿不出2000元。现在，只要你上午说了，下午每家每户就能提出来20万元。村里富起来了就是不一样，连信用社都经常到俺们村来拉存款呢。”

如今，阜城县已被确定为“国家级蔬菜生产重点县”，“漫河”牌西瓜、“伊强”牌樱桃西红柿深受消费者欢迎。

2014年，阜城县5万吨西瓜销往长江以南地区，成功打入南方市场。

2015年，李双星又拓展思路，号召村民们在大棚里发展黄桃、大豆间作，并引进罐头加工项目，实现了生产加工一条龙的扶贫路子。

“我建议尝试黄桃、大豆间作时，没想到仅去村里讲了一次课，乡亲们一晚上就呼啦啦腾出了一千多亩地。可见群众的信任是工作开展的基础，没有村民们的支持，想法再好也只能停在头脑里。”李双星说。

许家铺村人的腰包鼓起来了，全村三分之二的家庭购买了小轿车，有的人家还买了好几辆。

“漫河牌”西瓜也在许家铺村人的推动下，逐步迈出河北、走向全国。

许瑞旺接受采访

一次，在去许铺新村采访时，我们在村口遇到了村支书许瑞旺。

当时，他穿一件蓝白条纹的T恤衫，骑着一辆三轮车，刚收秋回来。一眼看上去，和普普通通的农民没有两样。

得知我们的来意，他略显激动，指着通向村里的路对我们说，我们这个村子能有今天，多亏了双星主任，是双星主任给我们指了一条大棚致富的明路，并把我们带到了致富的道路上。

“你们去村里打听打听，我们村大人孩子，没有一个不认识李双星的，我佩服他，村民们也都感激他……”

扶贫扶出的新农村新农民

新的形势下，贫困农村的扶贫工作怎么做，扶贫工作要达到什么效果，没有比许家铺村更有说服力的了。毫不夸张地说，许铺新村的发展历程就是李双星扶贫效果的最好体现。

富裕起来后的许铺新村，还有很多感人的故事，让我们深刻体会到扶贫带给人们的变化。

在规划许铺新村搬迁的过程中，村支部考虑到了种种因素，许家铺村虽然人口不多，但有些家庭还是有特殊情况的，有的家中没有劳动力，且年老体弱，怎么办？

为此，村支部召集全村人商量并达成了共识。大家一致认为，既然是整体搬迁，那就一户都不能少。年老体弱的搬进楼房后，可以给他们找一些力所能及的活儿，比如看大门、打扫小区卫生等。

“让一部分人先富起来，带动和帮助其他地区、其他的人，逐步达到共同富裕，对一些确实因为家庭特殊原因，一时难以发展起来的，也要大家一齐帮，做到不让一家一户掉队。”

许铺新村远景（霍书平摄）

搬进楼房的住户，当初有一些人是反对盖楼的。现在，他们不但享受着这种新生活，而且还在向往着更高品质的新生活。

“都说农家的炕头热，可是再热也比不过咱现在的单元楼呀。”

在新楼里过年的村民许瑞清深有感触，“地暖、有线电视、电梯都有，活了60岁，都没敢想还能过上城里人一样的日子。”

许铺新村戏楼（霍书平摄）

最早被李双星做通工作的许洪顺说：“现在我们村

的村民都是开着轿车去种地，农民当老板已不是什么新鲜事了。”

村民康秋生在李双星的鼓励下，2014年初建了一个育苗大棚，育苗用的是穴盘，酒盅那么大的地方就有一棵苗，一棵就能卖一块钱，从育苗到卖完用了七十天的时间，卖了八万多元。卖完苗的第二天，康秋生就跑到4S店买了一辆东风雪铁龙。

售苗的那一天，育苗棚前，前来购苗的人和车排起了长龙，瓜农们担心买不到苗，都争着向康秋生手里塞钱。一个人忙不过来，他没过门的儿媳妇也过来帮忙，数苗、记账、收钱，一天下来，看着满满的两箱子钱，一家人笑得合不上嘴。

李双星来调研时，康秋生喜滋滋对他说：“李主任，咱也买车了，以后要用车，你说话。”

康秋生靠种瓜苗发家致富了，村里人专门为他编了个顺口溜：

2014年，秋生不平凡，酒盅之地一块钱，秧苗卖了八万元，买辆轿车绕村转；

时间用了七十天，喝着水，抽着烟，拿着鸡钱换牛钱；

过去汗水流得冤，现在寸土金不换；

靠天吃饭致富难，不如科学来种田。

面对采访，康秋生说：“别看我现在是个农民，就是给我个局长我也不换，当局长三年买辆车还累得慌，我一年挣辆车还闲得慌……”

50岁的许玉泉是首批搬迁的村民之一。他的新房三室一厅110多平方米，客厅里摆放着冰箱、彩电、空调等。

“新村的水、电、路、网、有线电视配套齐全，集中供暖，物业免费，楼下就有超市、卫生室、老年活动中心，干啥都很方便，咱农民也像城里人了。”

许玉泉前后结了三次婚，都因日子过得穷，温饱问题难解决又离了婚。李双星来了后，帮他用扶贫办互助金和无息贷款，建了大棚种起了西瓜。从此，他的日子越来越好，不仅住进新楼房，还买了汽车，娶了新媳妇。

“以前家里穷得叮当响，娶的媳妇没半年就饿跑了。多亏了李主任带领俺们种植大棚西瓜，让俺脱了贫。2012年，俺才又娶上了媳妇。现在俺种了8亩地的大棚西瓜，一年收入8万元左右，加上农闲时打打工，加起来一年弄个十来万不成问题。”

许铺新村居民家客厅

面对我们的采访，许玉泉笑得合不拢嘴。而说起许玉泉娶媳妇，颇具戏剧性。

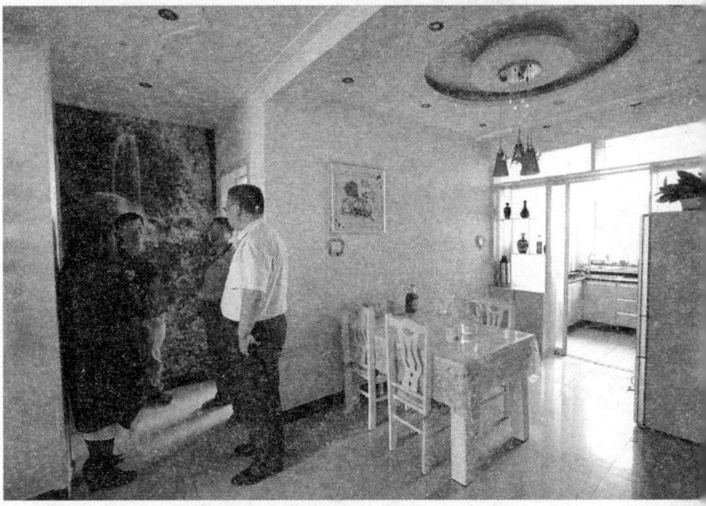

许铺新村居民家餐厅（霍书平摄）

有一天，他去阜城卖西瓜，有一个中年妇女买瓜，当时谈好了价钱，称好了付款时，中年妇女发现钱不够，少了两块钱。见此情景，许玉泉爽快地说：“不要了，拿走吧。”

那个女人说：“怎么这么大方，可能吗？”

旁边一个和许玉泉同村的村民说：“可能，他有车，有楼了，还在乎这点钱？再说，他一个光棍汉没得商量，他自己能做主。”

言者无心，听者有意。恰巧这个妇女也是单身，事后她哥通过县扶贫办找李双星了解了一下许玉泉，发现情况属实，就托人把妹妹介绍给了许玉泉。

昔日的光棍汉，今日幸福一家人

结婚那天，有才的乡亲们写了副对联，上联是：以瓜为媒会女友。下联是：由穷变富结良缘。横批是：扶贫牵红线。

许玉泉确定结婚的日子后，专门给李双星打了一个电话，说：“李主任，如果没有你，就没有俺的今天，你一定要来呀！”

“一定去，一定去！”李双星也替许玉泉高兴。

李双星率领扶贫办的人员来喝喜酒时，夫妻二人远远地迎了上去，新娘子拉着李双星的手说：“李主任，你们扶贫办就是俺的介绍人、证婚人，也是娘家人，以后俺就和你们当亲戚走。”

当年，许玉泉双喜临门，又添了一个儿子。

村民们根据这个真实的故事，又编写了一段顺口溜：

许玉泉的日子穷，三个媳妇没过成。
福星高照建大棚，许玉泉又翻了身。
瓜果累累全是钱，每年收入十多万。
现在玉泉日子强，买了轿车搬楼房。
五十二岁娶媳妇，明星光棍当新郎。

一位乡领导也给许玉泉来贺弄璋之喜。几年来，乡领导和扶贫办一样，他们和农民的关系已经成了真正的鱼水情深。许玉泉的喜事，也是大家的喜事，所以大家都乐于捧场。

看着昔日出了名的穷光棍汉，如今有了老婆、儿子，这位乡领导随即也写下一首诗：

> 鳏居独行数十载，
> 扶贫新政硕果开。
> 新居赐予百年好，
> 知命之年添龙孩。

村支部书记许瑞旺说，瓜菜大棚带动了全村脱贫，如今村里收入超过百万元的有不少，他们都是农民老板，没有其他产业，就是靠种大棚地发家致富的。

许家铺村富裕起来后，村民们都享受到了城里人也无法比拟的好福利。

村办公室主任陈贵生说："新村建成后，村里出钱打了地热井，装上了地热，村里从未收过物业费、取暖费和水费，这些费用都由村里承担了。村民们住上楼房后，生活习惯也开始改变，有条件了，就讲究个人卫生了。家庭收入高了，村民之间、家庭成员之间的关系也非常和谐，现在几乎没有吵架的了。"

都说环境影响人，这是有道理的。很多时候，人们的生活习惯是由居住环境决定的，没有条件的时候，想讲究卫生也难；条件好了，不自觉地就注意形象，讲究卫生了。

对于许家铺村来说，村民们的点滴进步，恰好反映了许家铺村十余年的发展历程：

贫穷落后—大棚扶贫—形成产业—富裕—新农村。

许家铺村的致富之路，或许可以作为一个模板，在有条件或者条件类似的地方推广。

许家铺村是一个从极端贫困走向了新农村的活生生的例子。

整体搬迁后的许家铺村，在小区门口立上了一块大大的牌子——“许铺新村”。

村名的小小改变，既是在向过去的贫穷告别，也意味着村民们幸福美好生活的开始。

第五章　爱得深沉

李双星的扶贫观：输血不如造血

作为县扶贫办的主任，李双星既要考虑对哪些人扶贫，更在考虑因人而异的扶贫方式。如果说精准扶贫可以做到一个也不落下的话，那么科学的扶贫方式，可以让扶贫效果事半功倍。

经常挂在李双星嘴边的几句话是："输血不如造血""授人以鱼，不如授人以渔"。

"输血"和"造血"，问题和矛盾。

从不同的角度看，确实在很多地方出现过形式扶贫，个别地方领导干部为了达到政绩，一味追求扶贫数据，而对到底有没有解决贫困问题根本就不上心。因此，除去帮扶对象的因素，这也是造成年年扶贫年年贫的另一个原因。

扶贫绝对不只是追求数字的好看，更根本的还是要抛弃功利思想，真扶实帮。

李双星告诉我们，扶贫工作要见成效，必须推进扶贫从"输血"式向"造血"式、从救济式向产业开发式、从物质资助向智力开发式三个转变。

这些话说起来简单，真正做起来并不容易。

回望李双星的扶贫历程，可以清楚地看到，他为扶贫开出的药方是既治标也治本，既扶志也扶智。

他的目标就是：实现“输血式”帮扶向“造血式”扶贫转变，真正促进贫困地区经济持续发展。

许铺新村村民富了起来，农业产业化也形成了，同时也见证了李双星扶贫思路的正确，扶贫方式的科学。

但是李双星并没有满足于此，更没有停止对扶贫工作更深层次的探索。相反，他还想方设法把产业分别向上游的育苗和下游的技术传输等延伸，为农民寻找更多的出路。

李双星常说：“富不学习富不长，穷不学习穷不尽。”为此，他多年来一直坚持在学习中工作，在工作中学习，不断探索，不断改革，不断进步。

就拿种西瓜来说，这本来不是一件十分复杂的事情，但是如何解决西瓜重茬问题却比较棘手。种过地的人都知道，重茬和病虫害一样，都是庄稼的杀手。在一定程度上，重茬的危害比其他危害，比如蚜虫、“地老虎”等大得多。如果地重茬了，到了西瓜开花结果的时候，瓜秧就会忽然之间枯死。本来结的果有了拳头大小，长势喜人，瓜秧一枯，所有的心血就白费了，任凭你想尽办法也挽不回损失。

在反复试验和实践中，人们发现育种、嫁接能避免这个问题，如果育种用的是南瓜的种子，嫁接后移栽到地里，就不会出现重茬、死苗的情况。

在掌握了这一关键技术之后，许家铺村的育苗大户如雨后春笋般地涌现出来。

刘全就是育苗大户之一。春节一过，他就开始忙碌。他每个年份能育苗80多万株，除去自己用，更多地被预定了出去。他育的苗有一个显著的特点，就是存活率高，长出的瓜，沙、甜，产量大，也能卖出好价钱，深受瓜农们的喜爱。

村里很多人都清楚这样一笔账：

从育苗到嫁接，再到出售仅用70多天的时间，一棵西瓜苗能卖到1块来钱，按一半的成本算，80万株就是很大的一个数字了，刘全肯定少赚不了！

听到村里人给自己“算账”，刘全只是嘿嘿地笑，脸像一朵盛开的菊花。

瓜菜合作社高标准棚室

小小的西瓜苗已然成为许家铺村的一张名片，全村有270多户从事西瓜育苗，卖完秧苗后的大棚还能种菜。仅此一项，全村收益就达600多万元。

除了育苗，许家铺村还有独到的地方，那就是他们的技术。

“不怕千招会，就怕一招鲜。”许家铺村的瓜农除了种好自己的大棚西瓜，还凭着“一招鲜”，外出吃上了技术饭。

瓜菜种植新品种——羊角脆甜瓜

周怀福是村里的种瓜能手之一，他种的西瓜品质好、卖价高，曾多次在西瓜节上摘得“瓜王”称号。

“感谢双星主任，是他和扶贫办的工作人员牵线搭桥，让我与邢台市威县、巨鹿县、广宗县的一些村签订了技术指导合同，主要指导秧苗定植、授粉等管理技术。正月十五前后就到这几个县的10个村指导，前后4个月，一个月待上一周，月工资能拿2万多元。”周怀福说起来都真情流露。像周怀福这样的种瓜技术能手，许家铺村还有10多名，他们都和外面的村子签订了技术指导合同。这些“土专家”

在实现自己种植大棚西瓜增收的同时，还拓展出了一条服务增收的新渠道。

其实，许家铺村村民脱贫致富后，收益远远不止于此。

许瑞旺说："这次整体搬迁，通过新民居建设共置换出525亩土地，复耕后用来发展设施瓜菜产业。按每亩棚经济效益1万元计算，一年可多收入525万元。加上店面出租等收入，全村每年就能创收近600万元，人均增收5000多元。"

新民居建设在改善村民生活的同时，也提高了村民的收入，而且增加了耕地，可以说是一举多得，多方受益。

许瑞旺说，双星主任还给他提了一个更长远的想法，就是把复耕的525亩耕地建设成一个高标准的现代化农业示范基地，利用两到三年的时间，把许铺新村打造成一个集休闲、观光、旅游于一体的现代化多功能生态农业园区，这样一来，还会为村里增加一大笔可观的旅游营业性收入。

一面为贫困村民输血，一边激活村民的自我造血功能，李双星探索出了一条科学的扶贫路子。沿着他的路子，许铺新村已经步入稳定、谐调、快速的发展阶段。

面对未来，许铺新村党支部又勾画出了新的蓝图：他们将推进设施西瓜的技术改进，发展壮大西瓜产业，进一步提高村民的经济收入，让所有村民更富裕。

"双星主任为我们许家铺村操了不少心，为老百姓受了不少累。我想借此机会代表俺村的乡亲们真诚地向他说一声：双星大哥，你是真正的人民公仆，活着的焦裕禄，你就是我们的好兄弟，我们真诚地谢谢你！"这是许瑞旺的真心话。

许铺新村扶贫工作的成功，给了李双星十足的信心，也提升了他继续做好扶贫工作的斗志。

在李双星的心中，一个许铺新村富了不叫富，只有当全县每一个贫困村都能达到许铺新村这样的生活标准，村村都脱贫，人人奔小康，那才是他最大的自豪！

心底无私天地宽

有人问过，人一生中最难做到的一件事是什么？

李双星伏案工作

无私忘我可能是一件非常难以做到的事情。尤其作为一名政府官员，本身有着稳定的工作，却甘愿舍弃平静生活，舍弃小我，用青春年华，为无数的穷困农民寻找幸福安康之路，这是一名优秀共产党员无私奉献的精神，这是现代共产党人对优良传统的传承与延续。

自从2002年走上县扶贫办主任岗位，十几年来，李双星把全部身心都投入到了扶贫工作中去。有付出必然有回报，他的全部投入也赢得了乡亲们的尊敬与爱戴。

在李双星的生活中，从来没有什么白天黑夜，从来也没有工作日、节假日。平常人一年约250个工作日，而李双星15年来，每年累计工作远远超过400个工作日的时间（400个工作日的说法，是某媒体写的，李双星并不认可，当然他也不辩驳，正所谓：如人饮水，冷暖自知。）他说，我早上八点准时到办公室，晚上回去一般都是十一二点，星期天、节假日没休息过。按八小时工作制算，何止400个工作日？

李双星下乡调研

什么时候有需要，就算正吃着饭，他也会马上放下饭碗，第一时间赶到现场。对他来说，群众需要自己，自己就要全心全意为人民服务，那就是他人生价值的最大体现。

在采访李双星的过程中，扶贫办的同事说，李主任之所以能够把全县的扶贫工作干得风生水起、卓有成效，与他深入基层有着直接的关系。可以不夸张地说，自打扶贫办成立以后，李双星待在村里的时间远远多于他待在办公室的时间。

“有一天不到村里去，李主任就感到特别地不自在。”扶贫办的一位小伙子打趣地说。

最经典的就是李双星的“夜校”，从他上任以来，从来就没有停止过。一到夜晚，李双星就会主动走村串户，召集乡亲们上“夜课”。把学习并掌握的最新种植技术、市场行情向村民们一一道来，帮助大棚户及时改进种植技术。

平时，李双星最喜欢做的事情就是去大棚里转悠。这个村看看，那个村瞅瞅；晴天去、下雨天也去；上班去、歇班了也去。

就这样，李双星一转就是14年。

对此，有人跟他开玩笑说：“李主任啊，棚子该盖的都盖起来了，瓜该卖的也都卖出去了，你咋还不歇歇呀？看这几年都把你累成啥样了？”

李双星在大棚查看育苗情况

“嗨，咱干的就是为农民服务的活儿。哪怕是明天退休，今天也要尽职尽责。只要能帮百姓致富，我多跑一点也不觉得辛苦啊！”李双星一脸笑容边说边走进大棚。

李双星是个爽快人，扶贫工作对象是农民，他习惯和农民打成一片，就像鱼儿离不开水一样。他也是个热心肠，见不得别人穷和苦。这样的人，现在打着灯笼也难找。

城里有句话叫作“有困难找警察”。在阜城，很多人都知道“有困难找双星”。

李双星在乡镇工作的时候，经常办一些让妻子哭笑不得的事。

家里蒸了不少馒头、包子，估摸着还有，做饭的时候却发现没有了，一问才知道，不是李双星送人了，就是招待别人了；

就连衣服、被子、鞋子，也经常被李双星随手送人，不仅自己的，甚至连妻子、儿子等家里其他人的衣服也都经常送人。

后来，家里人都养成了习惯，找不到的东西就不找了，不用问，准是李双星又拿去送人了。

李双星的工资完全由自己支配，可他却是典型的“日光族”“月光族”。

李双星不是个讲究吃穿的人，他的衣服都是特价品，他骑的自行车是一辆除了铃铛不响到处都响的破车，他的手机还是数年前买的翻盖手机，现在这种手机很难看到了。

按理说李双星按月发工资，应该不缺钱花，可是他的钱都去了哪里呢？恐怕他自己也说不清，但是他帮助过的人能说得清。每次到村里去，见到需要帮助的人，只要他身上有钱，就会100元、200元、300元地往外掏，但他从来都不记给了多少，也记不得都给了谁。大棚户们清楚，好多次遇到谁家的大棚缺竹竿了，李双星都是随手付钱让买新竿。

当初建大棚的时候，村民们最愁的是销路。李双星在大会上承诺，到时候西瓜卖不了，我包了。

李双星的这句话，给村民们吃下一颗定心丸。

村民安心了，可李双星却犯起了愁。

没有人仔细想，你一个扶贫办主任能有啥积蓄，几千亩大棚的西瓜，你怎么包？包得起吗？

谈起当初为何会那样说，是不是真会那样做，李双星笑着说，当时对农民承诺也确实是没办法的办法，是要给农民吃定心丸，让他们无后顾之忧，这样他们就能够放心地搞大棚瓜菜了。但既然承诺了，真要是遇到个天灾人祸什么的，我该出手的还是要出手的。对乡亲的承诺，必须要一诺千金！否则，谁还信任你，谁还跟你干？

李双星的底气从哪里来？谁知道他为了找销路下了多大的功夫？

大棚建起来容易，但从种到收，是一个漫长的过程。

“天有不测风云”，谁家种了大棚，都会小心翼翼地伺候，自个担心自个的大棚。

对李双星来说，他要担心的却是所有的大棚。

采访中何丽霞说，自从李双星开展了大棚扶贫，就落下了失眠的毛病，每当遇到刮风下雨的夜晚，他就坐立不安，担心大棚受损。如果大棚受到了损害，西瓜被冰雹砸了，李双星和扶贫办的工作人员都会在第一时间赶到大棚地去，他们到的比保险公司的人员都早。为了抢时间，每逢天气不好的夜晚，他睡觉根本就不脱衣服。

李双星在查看花菜长势（霍书平摄）

这样的场景，在李双星的记忆中不止是一次发生。

半夜里，一场突如其来的大风、暴雨过后，大棚被刮坏了，受损村民第一个电话必定是打给李双星的。

接到这样的告急电话，李双星总会用最快的速度在第一时间赶到地里，看到受灾的农民蹲在地头哭，村干部一方面劝解，一方面还发着牢骚，这是人家用娶媳妇的钱建的大棚，当时要是不弄这个大棚，也不会受这损失了……

虽然受灾的村民有怨言，村干部有怨言，但李双星理解他们的心情，本来家里就穷，想方设法借点钱搞大棚又受损失了，换作谁心里都会有气。既然有气，让他们发泄出来就好了。

李双星坚信，路遥知马力，日久见人心。村民们都是在他的指导下开展的大棚种植，他们对未来将信将疑，但李双星很清楚大棚种植的前景如何，只要看到收获的希望，这些种植大棚瓜菜的村民们会相信他的。

面对受灾村民的不理解，李双星并没有气馁。在现场，他一边给村民们和村干部做思想工作，一边打电话联系商家，想办法调换竹竿，整理棚膜。

“大棚就是农民的命呀，是他们一家人一年的希望和生计，面对损失不急才怪呢！”李双星体谅农民焦急的心情，他要做的就是想尽办法帮这些受灾户挽回损失。

所以，每当这时，李双星总会二话不说，把兜里所有的钱都拿出来，帮助受灾的村民们支付一部分大棚重建费用。

他的一部分工资，就是这样花出去的。

农民的苦，李双星知道；可是李双星的苦，又有谁知道呢？

李双星再为农民着想，他也是要生活的呀！他不是孤家寡人，他也有老婆孩子要养，但他既然这样做了，就有他这样做的道理。李双星从不为此后悔。

谁让自己干的是扶贫事业呢！既然承诺要让全县15万贫困人口脱贫，他就算脱层皮也会硬撑着干下去的。

因此，这些年来，李双星对农民的关怀如细雨般润物无声，他为农民们所做的每一件事，不求回报，只求心安！

李双星一心扑在扶贫事业上。人们知道的是，灾后李双星帮农民修补大棚，人们看到的是他疲惫的身影；可是人们不知道的是，在他妻子病重的时候，在他妻子对化疗起反应、一输液就昏过去的时候，李双星是如何的备受煎熬。

作为丈夫，李双星有义不容辞的责任去照顾病中的妻子。然而，当他一听到大棚出事的消息，立即从济南的医院连夜赶到阜城县的大棚地头，把妻子一个人扔在了病床上。

“我知道这样做很对不起妻子，可是我实在没有办法了，都说忠孝难两全，其实何止忠孝，在家庭和事业上，很多时候也是一种两难。”提到当年的做法时，李双星感慨道。

别人不理解李双星，作为亲人，妻子的哥哥、叔叔，同样也不能理解李双星的做法，他们不明白李双星图什么，或图名，或图利，一个人做一件事儿总得有所图吧？可是李双星干起扶贫工作来一副拼命三郎的样子，他到底图的是什么呀？

难道他图的是烈日炎炎下，到田间地头把自己晒得漆黑，像刚从煤窑爬出来？

自从李双星干上了扶贫工作，便投入到了一种忘我的状态，由于一门心思地扑在田间地头，满脑子想着大棚种植那些事，时间也过得快。到了饭点，他经常吃不上饭，饥一顿饱一顿的，弄得胃也经常疼。对于这些，又有谁能理解呢？

面对亲戚朋友的质疑，李双星说：“我什么都不图，我就想看到贫困乡亲们通过种植大棚瓜菜，都能过上好日子，彻底摆脱贫穷落后的面貌。”

让全县贫困户都实现脱贫致富，李双星这个目标太大了，这个愿望实现起来是那么难。坚持不懈的十几年光阴，让他从一把汗水到一把泪水，从一头黑发到半头白发。

人心都是肉长的，善良的李双星何尝不知道关爱自己的亲人，照顾自己的妻子呢？

当他抛下重病的妻子，第一时间赶到受灾村民的地头时，他所承受的不只是内心的愧疚、煎熬，还有村民们的不理解、埋怨，对此，他又能说什么？

李双星是一个有事甘愿独自承担的人，对于内心的难言苦衷，他从不对朋友们说，也不愿向人倾诉，认准的目标就要坚持走下去。他是个坚强的人，自己的选择就要自己默默承受。

当初李双星扔下妻子不管不顾，何丽霞的哥哥想打他一顿，替妹妹出气，被妹妹给劝住了。

何丽霞的叔叔也觉得李双星只知道干工作，对家不负责任，很不理解李双星的做法，为此一度冷落他。

后来，当他们看到李双星扶贫的村子一个一个大变样，曾经的贫困户都建起了高楼，买上了汽车，他们也都理解了李双星的所作所为，并由衷地赞赏他在平凡的岗位上做出的骄人业绩。

在李双星看来，自己就是一个平平凡凡的人，别人认为他不平凡，那是因为他十几年如一日地做了一件事。在平凡的日子，他用不平凡的付出，使尽浑身解数，将那些生活在贫困之中的一些平凡人，甚至一群平凡人扶持了起来，并走向了富裕。在别人眼里，李双星对老百姓、对他坚持的扶贫事业总是爱得那么深沉。

办公室的大门永远向群众敞开

人之相交，贵在交心。

按阜城县乡亲们的说法，李主任是一个可以跟我们交心的人。

李双星能够与贫困农民交心，换来的是农民对他的绝对信任与支持。

都说政府门难进，可是阜城县的老百姓说："李双星主任的门始终朝咱老百姓敞开着，多会儿去寻他，他都不烦，和他打交道感觉舒服。"

十四年的扶贫历程，也是李双星奋斗不息的十四年，他用智慧和勤奋在为乡亲们办实事、办好事，让更多的穷苦人走上了富裕路，过上了好日子。他们尊敬他、爱戴他。

十里八乡的乡亲们都不把他当外人，无论在哪里碰到，大家都会主动热情地跟他打招呼。

“李主任好，又下乡啦！什么时候到我们那儿去呀？”

“李主任，差不多啦，该吃午饭啦！”

“李主任，周末了该休息就休息一下，别太累着了。”

……

大家用不同的方式与李双星打招呼。

其实每一个人的心中都有一杆秤，在当地百姓的心里，李双星就是那个定盘星，起着四两拨千斤的作用。

李双星工作照

不光李双星对老百姓有感情，在他经常帮扶的村子，那些长年累月一起为大棚操心的农户们，对他也有一种一日不见，如隔三秋的感觉。

有一段时间，县里有重要的会议，李双星脱不开身，就有村民打来电话问：“李主任，好几天不见，想你啦！身体还好吧！注意休息啊！方便了就过来，咱们转转大棚。”

李双星接地气，与农民同呼吸，共甘苦。

当地的老百姓非常敬重他，也希望他过上更好的日子。

然而，阜城县的贫困农民们也面临着“两难”，他们经常看电视，知道政府每隔五年有个换届。从国家、省里到地方，没有人能够在一个位置上干一辈子的。

因此，忙里偷闲时，也有村民对李双星说：“双星主任，像您这样的大好人，大伙儿是既盼着您能得到提拔，又害怕您被提拔。这些年来，您为我们做了这么多事，如果得不到提拔，连我们都觉得不公平。可您真要是提拔了，我们又害怕您升官走了，就不管我们的事了。”

“难怪我提拔不起来，原来是耽误在你们身上了。”李双星幽默了一把，说完他哈哈大笑。

“有时候想，有一天您不干扶贫工作了，万一您不管我们了，我们的大棚种植怎么发展呀？我们就整夜睡不着觉哪！”

农民的思想很现实，也很朴素，他们的担心不是没有道理。毕竟作为国家干部，在其位，谋其政。不在其位，不谋其政。如果李双星真的不在扶贫岗位上了，他能放得下这些贫困农民吗？

对此，李双星总是很豁达，也很淡定。

他说，升不升官对于自己来说并不重要，现在的日子他很知足。每一任县长、书记到任后，都会找李双星恳谈，无论话语前面如何铺垫，中心意思就是劝他好好干，末了都会撂下一句话：

“我在任期间，是绝不会放你走的。”

2016年，李双星被提升为衡水市农业开发扶贫办公室党组副书记、副主任后，考虑到阜城县扶贫工作实际，还让他继续担任阜城县扶贫办主任。

于是，李双星需要两头跑。

有时候，李双星在阜城待的时间多了，衡水市扶贫办就有点着急了："李主任啊，衡水这里还有一大堆事情等着你处理，你不能光在你那一亩三分地上忙活呀。"

有时候，领导甚至半开玩笑地跟他说："双星，如果你再不到衡水，就把你阜城县扶贫办主任的职务撤掉啦。"

李双星并不是不愿意到衡水上班，毕竟市里比县里条件要好得多。

但李双星的事业一直在阜城，家也在阜城，他早已习惯了与农村、农民打交道，只要有一天看不见乡亲们，看不到那些自己苦心经营的大棚，他就会感到心里空落落的，睡不好，吃不香。

走进田间（鲁彦辉摄）

他的脑海中也一直萦绕着乡亲们担心的话语："李主任，别升官了就不理我们啦！"

"其实，阜城的乡亲不用担心，即使到衡水，我也还是我，我的主要工作还是在阜城，该下村下村，该管的事，大事小情还是要管到底，我办公室的大门永远向大伙儿敞开。"

在德隆格瑞高标准育苗棚

办公室的大门永远向群众敞开。这看似简单的一句话，实际上做起来要难得多。

李双星对乡亲们的这一承诺，他却做到了，并且从他在乡镇一级工作时就一直是这样做的。

一个心中有百姓的人，并不会因为他的职位变迁而改变，他会始终如一地与百姓在一起。

正因为他和百姓交心、交朋友，在他任职过的每一个地方，当地的老百姓都把他当成了自己的亲人。

对于自己帮扶的对象，李双星知根知底。长期的合作相处，大伙也对他了如指掌。

李双星有个人尽皆知的轶闻：他吃饭时偶尔会喝点酒，但他只喝一种十多块钱的低档酒。如果超出标准，即使他再想喝，也不会动一口。

为什么李双星会有喝低档酒的喜好，难道他真的不愿意喝好酒吗?

一个知情人告诉我们说，这是李双星的工作和他的为人决定的，这也从侧面反映了李双星是个能够替别人着想的人。

原来，除了开会和考察，李双星基本上都泡在各个村子里，到了吃饭的时间，村民会实实在在地留他吃饭，也不用变花样做，村民家里吃什么，李双星就跟着吃什么。

农民常说，能在一个锅里抡马勺舀饭吃的，就是真正的朋友。

作为扶贫办主任，李双星去的村子，十有八九都是贫困村，村里卖的都是些普普通通的酒，便宜的几块钱一瓶，贵点的也只是十几块钱一瓶。

一开始，乡亲们还不好意思拿出来，怕李双星不喝，自己失了面子。

几次以后，李双星说，我就喜欢喝这种十几块钱一斤的“丰谷纯粮”酒，贵的喝不习惯。

知道了李双星这个喝酒的“习惯”，乡亲们也就放下心了，吃饭的时候，也就不怕没有好酒了。

有时候，乡亲们到城里去办事，也会捎上一两瓶“丰谷纯粮”，顺道去看看李双星。

人们都知道，李双星从不收礼。如果村民有事到县城找他，有时候带一点自家产的蔬菜，或者街面上常见的“丰谷纯粮”酒，李双星不好意思推托，主要是怕让村民们觉得生分了。

每次遇到这样的情况，李双星都会在吃饭的时间留下乡亲们，在一起吃个饭。然后，李双星悄悄地把账结了。

一来二去，大家都以为李双星爱喝这种酒，他也就养成了只喝十多块钱酒的这个习惯。

其实，他最初的本意是，大家都知道我爱喝这种酒，就不会破费，也就没有了没面子的顾虑。谁知时间长了，就形成习惯了。

或许有人认为，李双星是不是太抠门了，他堂堂一个县的扶贫办主任，不至于如此吧？

熟悉李双星的人都知道，他大方慷慨、乐善好施，把帮助群众、接济贫困作为一种生活常态和自觉习惯。阜城县王集乡前金村发展棚菜生产需要打深井，他自己掏出3000多元购买前期物资设备。

但他对自己却严格要求，对亲属严格教育、严格管理、严格监督。多年来，他始终把扶贫款当作“保命钱”，从未乱花一分钱，即使在办公经费的使用上，也是能省则省、能俭则俭，大力缩减公务消费，真正把钱花在“刀刃上”、用在惠民处。

是啊，李双星把钱都花在了刀刃上、用在了惠民处。他是不舍得喝好酒的！省下来的钱，可以为百姓做不少事呢！

虽然阜城县的农村贫穷，但群众的眼睛是雪亮的，农民的心地是善良的，父老乡亲的感情是淳朴的。

李双星能够与农民群众推心置腹、肝胆相照，阜城人也是看在眼里，记在心里的。

过去十几年，李双星一直在县扶贫办主任的位置上，职务和待遇一直没有变化。

李双星还没有说什么，有的农民朋友坐不住了。他们去找李双星，为他抱不平说：“李主任，你为咱贫困老百姓干了这么多实事，眼见着贫困户一个个发家致富了，你个人的级别和待遇却始终上不去，你也不去找找组织？”

对此，李双星是充满感激的，也打心底里觉得扶贫工作做得值。因为，他看到了百姓的心里也在关心他的一点一滴。

可是，组织上这样安排有组织上的道理。李双星从不认为自己吃亏，也不会主动地去找组织上解决自己的待遇问题。

他说，老百姓就认干实事的人。这些年，我不是没想过换个岗位——不是为了提拔，主要是太累了，有时候真的想歇歇。

“但是既然老百姓和这摊儿工作还离不开我，我慢慢地也就想开了。以前县里也有提拔我、给我换换地方的意见，是我自己找县委书记说继续留下干的。

“现在赶上了职级与待遇挂钩改革，2015年，我正科任职已经满21年了，按照政策开始享受副县级的工资待遇，我就更加不考虑职位问题了，机会还是留给年轻干部吧。”

这是李双星发自心底的真话，他不光替百姓想，也替年轻干部想，就是从来不替自己想、不替家人想。

扶贫的办法永远比困难多

李双星14年呕心沥血扶贫，惠泽阜城15万百姓，谱写了中国扶贫史上波澜壮阔的一幅新篇章，见证了一个共产党人爱岗敬业、无私奉献的博大情怀和牺牲精神。

扶贫工作是功在当代，利在千秋的一件好事。不是每一个人都能做好这项工作。李双星做到了，一方面源于职责驱使，另一方面也是他的才华展示。

李双星成就了阜城县的扶贫事业，而扶贫事业也开阔了他的视野，锻炼了他的能力，磨炼了他的意志，展现了他敏锐的市场洞察力与开拓精神。

从摸着石头过河，到形成一套成熟的扶贫方案，李双星用14年的行动，为阜城乃至全国，探索出了一条科学扶贫、精准扶贫的路子。

提起李双星的扶贫路，不得不提大棚瓜菜。李双星的扶贫之路就是从发展大棚瓜菜产业起步的。

然而，在大棚瓜菜形成成熟的方案后，他却并没有就此止步，停留并满足于发展这一单一产业。因为在他心里，社会和市场在变，人们的生活方式和需求在变。因此，扶贫的思路也要随时变，不能用固定的、一成不变的模式往上套。

李双星在指导工作

小马过河的道理，他懂。而他要做的，就是根据市场和社会需求的不断变化，根据贫困农村的实际情况，找到最佳的扶贫切入点，实现扶贫效果的最大化。

李双星是一个善于思考、善于挑战、善于创新的人，听了他对于贫困、对于脱贫的一些思路，你会感觉到这么多年他一直在尝试，一直在小心翼翼、兢兢业业地创新工作思路，一直在用超前的目光引领阜城的扶贫事业。

这些年来，他牵头创建的扶贫工作“细胞工程”“入户项目登记卡制度”等先进经验在全国推广。

因此，他不仅仅是身体上不休息，对于扶贫事业的探索和思考从未停止，可以说，他把自己的所有精力都献给了阜城县的扶贫事业，他的心里也很累。

毕竟，他要操的心太多了！

而随着时光飞逝，岗位升迁，他可以付出的时间和精力与他的愿望相比太少了。

“现在真的感觉到时间不够用了！实现到‘十三五’末全部脱贫致富的担子实在太重了！即使如此，也要坚决完成任务！向党和群众交一份优秀的答卷！”李双星掷地有声。

这么多年来，从大棚菜、西瓜、黄桃、大豆到最新的股份制，李双星带领阜城县的贫困百姓干一件事成一件事，一个接一个的贫困村在他的引导下，过上了富裕幸福的生活。

而能做到这一点绝对不简单，一定有他的过人之处。

我们非常好奇，为什么李双星总能有这么多超前的思路和办法？

对此，李双星是这样告诉我们的——

2002年4月，开始当扶贫办主任时，对扶贫工作还没有成形的设想，以为这项工作很简单，国家每年下拨扶贫款，往底下发发钱就行了。可是真到做的时候，他才发现实际情况并不像他想象的那样简单。

当时，首批200万元国家扶贫资金都买成了羊羔、猪崽，分配到40个贫困村。几天之后，他到漫河乡倪庄查看养殖情况时，一进村，就觉得有些不对劲。前些日子刚刚发下去的羊羔、猪崽都不见了。

一打听他才知道，原来很多贫困户前脚领了周转猪、周转羊，后脚就转卖换了钱。

老百姓的想法很现实，也很简单：一头猪崽、羊羔能卖百八十元，弄回家，养个一年半载，还要喂粮食，万一有个大病小灾的，说不定这些牲畜就死了，到时候一分钱都得不到了。

再说，眼下人都吃不上喝不上的，哪还有精力养这些？不如卖了马上就有点收入，先买点吃的、喝的喂饱肚子，改善一下生活再说。至于以后的日子，大不了就像以前那样过呗。

李双星知道这些情况后，深深地受到了触动。他突然意识到，这样的扶贫方式，不可能从根本上解决贫困问题。如果每年都这样扶下去，造成国家扶贫资金浪费不说，阜城县的贫困现状也不会得到彻底的改变，自己这个临危受命的扶贫办主任一定是不称职的。

“既然组织上把我推到了这个位置上，就是想让我干出点名堂。可是怎么样才能干出点名堂呢？”李双星陷入了苦苦的沉思之中。

既然贫困户对脱贫的热情不高，主动脱贫意识不强，那么就得逼一逼，懒牛上套催着走。

经过详细了解情况，李双星决定不再采用发放扶贫物资的办法进行被动式扶贫，他要找出扶贫工作的新办法，彻底解决困扰在贫困农民身上的“等靠要”思想，变“要我脱贫”为“我要脱贫”。

当县扶贫办主任之前，李双星在基层干了21年，可以说把乡里所有职务干了个遍。期间，当乡武装部长时，他也曾搞过“以劳养武”，组织民兵饲养过鸡、鸽子、猪、兔子等。

但是饲养也有一定的风险，就怕遇到瘟疫。那样的话，可真是输得精光了。

“对于养殖，我们这儿一无传统，二无技术，养猪养羊，都是圈在笼子里，每天喂食任其自然生长。要是中途死上一只，老百姓也就赔了。他们不敢冒这个险，确实也是情有可原。”

所以给贫困户选扶贫项目时，一定得选风险小、回报大的，贫困农民才愿意参与。可哪里有这么好的项目呢？

思来想去，李双星觉得土地自古以来就是农民的命根子，而且这些贫困农民除了土地一无所有。要想改变贫困面貌，还得从土地上想办法。

古人尚知“靠山吃山、靠水吃水”，阜城县地处平原，土地就是最大的资源，土能生金，还是靠土地种植更稳当，依靠土地脱贫老百姓也最能接受。

依托土地进行扶贫的定位和决策，主要还是来源于李双星多年从事乡干部的实践经验。

当年，李双星在蒋坊乡当乡党委书记的时候，为了改变蒋坊乡的落后局面，曾经选了一个村种大棚。为了取到种植真经，平均两周他就去一趟寿光，想弄清楚为什么人家的蔬菜产业这么多年不衰败，为此，他还跟山东的客商有了联系。

“这么些年来，虽然我一直在乡镇干，但和山东的那些客商们还保持着联系，关系处得一直都比较融洽。”

结识新朋友，不忘老朋友。

几十年来，李双星始终本着宁愿自己吃亏，不让朋友作难的思想与人交往。因而，和他打过交道的人，最终都成了他的好朋友。按今天的话说，就是保持了非常好的人脉。

正应了一句话：多个朋友多条路，朋友多了路好走。

可能连李双星自己都没有想到，若干年后，当年交下的那些山东客商朋友，会成为他扶贫事业的支持者。

对此，李双星说：“要不当初决定搞大棚，老乡问我卖不出去咋办时，我哪敢拍胸脯保证卖不出去赔偿损失呢？我心里还是有底的。

“你想想，我那时候一个月工资才几百块钱，真要是损失了，我想赔也赔不起。

“其实，为了建大棚，我早已经把销路找好了，这么大的事，咱不能打无准备之仗。”

怪不得在动员会上，李双星底气十足，原来他早就筹划好了，打的是有准备的仗。可是老百姓心里没底，如果说有底的话，那就是出自对李双星的一种信任。

贫困农民愿意追随李双星的脚步，一是看到他确实是个一心为民的好干部；二是多年来，他的口碑一直很好，当初跟随他脚步的人都走对了，早已脱贫致富了。

毕竟，阜城县就这么大，李双星的事迹几乎传遍了阜城的每个角落。

李双星也知道：不能指望老百姓自己去想那么多，人家想明白了，早脱贫了，还要咱扶贫干部干什么？

“农民的思路没那么宽，你让种什么他种上了，等卖不了他光坐地头上发愁了。所以，还真得把老百姓的事当成自己的事操办。有些事就是这么给自己一点儿一点儿地逼出来的。”对此，李双星深有感触。

李双星是个求真务实的人，他始终在实心实意地为百姓的脱贫想办法、找出路。

有时候，上级有一些并不切实际的指导意见和要求，他不去硬抗，但也不违心附和，始终按照自己的节奏稳步前行。

有一段时间，上级要求搞养殖，由于他刚上任时，推广过养殖，知道养殖在阜城县推不开。加上那个时候李双星认准了种植，认准了设施农业这条路，为此，他没有一味地迎合上级要求，而是脚踏实地的继续搞他的种植。

刚一开始，上级得知后非常生气，认为李双星不听招呼。但在了解了李双星的做法后，也就不再说什么。后来，李双星取得了成功，上级来参观，拍着李双星的肩膀开玩笑地说：“双星呀，也就你敢‘抗旨不遵’了，现在看来，你的选择是对的！”

李双星顶着压力为老百姓谋脱贫。他说：“我当时想过，就是这个主任不当了，我也得搞搞试点。哪怕给老百姓只干成一件事，也算是做了点实事、好事。不然老百姓脱不了贫，资金还得打了水漂，我心里不甘啊！”

在扶贫事业上，李双星绝对是个睿智的人，是个大智大勇的人。因为李双星追求的不是功名利禄，不是普通人看上去的功成名就、荣华富贵，他所追求的是要为百姓们做好事，做成事。

李双星曾是阜城县最年轻的科级干部，是很有前途的后备干部。如今，他几乎成了阜城年纪最大的科级干部了。

当年和他同一批做乡镇书记、乡长的，不是被提拔到更高的岗位，就是已经退休了。只有他还在这么一个并不起眼，却无比操劳的岗位上兢兢业业、踏踏实实地工作。

很多朋友说他："双星，你这不自个儿找事吗？你看你有能力、有技术，不行退了咱自己干，当一个富翁不也挺好嘛！干吗还拼死拼活的，累不累呀！"

每次李双星都笑笑，他何尝不知道自己一直是一个给自己找事的人，扶贫办也是个吃力不讨好的"冷衙门"。

李双星说，我完全可以往办公室一坐，看看报纸喝喝茶，不用操那么多心。可多少年以后一想，我都做过什么呀？那些贫困乡村在我的手上实现了脱贫的梦想了吗？

碌碌无为混一生，实在是浪费生命。想不出来做了些什么，没有一点值得回忆的，虽然官当得舒服了，可人白活了这一辈子还有什么意思？

我不求人过留名，但求对得起组织上的重托、老百姓的信任。

像现在这样，虽然辛苦点，但起码我往村里一站，老百姓们都往我身边跑，他们对我的认可，让我感到心里特别踏实，这就是我的价值体现。

再者说，农民的事，没有什么该管不该管的。

对扶贫办的同事，我一直有个硬要求，不许说"不知道"，现在网络这么发达，信息那么丰富，不知道你完全可以帮他上网查查，实在查不出来的，也要说"我帮你问问"。

扶贫办扶贫办，农民不贫穷找你干什么？你扶的就是"贫"呀！只要是困难群众需要，就是你的事，你想想，老乡登门来找你，得鼓足多大勇气啊！

如果我们简简单单、随随便便一句话就打发了，还对得起百姓的信任吗？

作为基层扶贫干部，可能我们觉得自己位卑言轻。但在老百姓的眼中，我们代表的可是政府，是让他们能够脱贫的希望。老百姓找我们，就是看到有希望，有奔头。我们没有理由让老百姓失望。

李双星的这些话，可谓掷地有声。从他的心声里，我们看到了视救助天下苍生为己任的博大情怀。

百姓如父母，若非挂念，何来艰辛？

正因为李双星有这样的情怀，他才把自己搞得很累、很累！

为了扶贫，他不分朝夕，始终与时间赛跑——如果说正常工作八小时，是岗位和职责要求；那么八小时之外还全身心地投入到工作中，那绝对是一种情怀。

李双星就是这样一个充满情怀的人。

工作到深夜

了解李双星的人都知道，他工作起来没日没夜，从来没有休过节假日，扶贫村什么时候找他，他随时办公，现场解决问题。

有人开玩笑，说他的眼中，一生只有两天：今天、明天，今天充分利用每一分每一秒，不要命地干，把每一个今天发挥到极致，明天便实现了今天的愿望。

2016年，《人民日报》曾这样报道李双星：

13年来，他“5+2”“白加黑”，每年累计工作时间达

400个工作日，帮助全县152个村发展起稳定增收的设施瓜菜产业，让“穷得叮当响”的贫困农民人均纯收入从600多元提高到5000余元，被评为“中国扶贫开发典型人物”。

不仅他累，扶贫办的年轻人也都说，跟着李主任干，不轻松！为此，李双星的同事帮他算了这样一笔账：

李双星没有星期天，每天从早八点工作到晚上十点，这还是比较正常的。遇到突发情况，他还会深入到农户大棚，干得时间就更晚。

同事说，十几年来，在李双星的心里只有一件事，那就是扶贫。除了县里一些必须参加的会议，平时他在办公室根本就坐不住，不是转瓜菜大棚，就是去田间地头，只要每天转转，心里就踏实。

李双星的脑子里始终装着村民们的瓜菜大棚，也一直在琢磨着大棚瓜菜生产。

前几年，李双星在北京听一位专家讲授蜜蜂给梨花授粉的知识，就想，蜜蜂能不能给西瓜花授粉？

想到就干。回来后，他马上到沧州租来了几箱蜜蜂。

炎热的夏季，大棚里温度有时高达50℃，一般农户都不进棚。为了做实验，李双星硬是站在高温大棚里观察了两个多小时。

事后想想，连李双星都觉得自己有点魔怔。

不过，实验结果挺让人满意：一分钟内，一只蜜蜂能为六七朵花授粉，而且不会出现畸形瓜或者破坏瓜纹的情况。

这结果看似简单，其实最后成功还是经过了无数次的实验。

李双星说，开始使用的一种蜜蜂，刚实验还不错，可是一到高温就不干活儿了。没有办法，他就从不同品种的蜜蜂中选择，最终找到了一种最合适的蜜蜂。

按理说，这个发现也算是李双星的一项研究成果，他完全可以申请专利，收取一定的费用。

但他没有这样做，为了让乡亲尽快地发展大棚西瓜，早出成果，他无偿地向所有种植户进行了推广。

如今，每年到了西瓜授粉的季节，农民们都会在每个大棚里放上一箱蜜蜂，从而彻底解决了大棚西瓜授粉难的问题。

蜜蜂授粉还有另外一个好处，就是证明本地生产的西瓜绝对是纯绿色食品，因为稍有污染和农药，蜜蜂就会死去。

……

李双星肯钻研、爱思考，是个极有创新天赋的人。

熟悉李双星的人都知道：他这个人善于观察新鲜事物，对什么都好奇，什么都想试。

年轻的时候，他虽然没有正儿八经地学过乐器，可是吉他、电子琴他全都会使，甚至连汽车一般的小毛病也会修。

到了扶贫办以后，结合本职，他将好奇心转移到了搞农业上来。都说“世上无难事，只要肯钻研”，这句话用在李双星身上再合适不过了。

兴趣是第一老师，由于感兴趣，肯钻研，短短的时间内，李双星从农业门外汉，很快成为一个农业技术专家里手。

也正是有着这股不服输的钻劲，李双星带领着阜城县贫困农民硬是闯出一条瓜菜大棚种植的脱贫致富之路。

这些年，他能一直领着老百姓追着赶，不落后，没有这种钻劲儿，恐怕还真不成。

以前人们常说：“干一行，爱一行；钻一行，专一行。”在一般人的眼里，这都是套话。可在李双星这里，这就是他真实的生活写照。按他的话说：“人要想干点什么事，你得真入迷，钻进去，知其所以然，才能坚持下来。”

李双星痴迷于农业，钻研农业，然后用到工作上。他的心时时刻刻都在工作上，因此，平时生活中免不了会闹出笑话和差错。

有一次，李双星老岳母到外地去，考虑70多岁的老人出门上下车不容易，妻子何丽霞就让他去送送站。

预定好了火车票后，妻子不放心，再三嘱咐，李双星当时答应得挺好。

可到了送站那天，恰好赶上全县贫困村培训班开班，李双星一忙起来，就把送站的事情给忘在了脑后。

左等也不来，右等也不来，妻子只好打车把老人送到车站。

培训结束后，李双星突然想起要送岳母去衡水上车，匆匆忙忙赶回家。

一进家门，坐在沙发上正生着闷气的何丽霞劈头盖脸地质问：

“你还回来干什么？老人这么多年也没要求你做过什么事，让你送个站，过去一个多小时你才回来，要是等你送，黄花菜都凉了。你的心里要是有一点我们，就不会出现这情况。以后，你就不要再进这个家门了，家里没有你这个人。”

听着爱人的抱怨，李双星把头低了又低，赔礼道歉说：“我以后保证不再犯这样的错误，请爱妻原谅……”

承诺归承诺，可工作一忙起来，他还是把“保证”忘得一干二净。

工作上，李双星是“拼命三郎”。但他拼的是智慧，拼的是精神，而不是一味盲目地猛打猛冲。

在别人的眼中，李双星像是传说中的“永动机”，好像永远也不知疲倦，永远饱含热情。

不仅如此，李双星还有个好脾气，他最好的朋友、他的下属、同事，包括和他接触过的人都说：从来没有见过李双星发火，哪怕遇到再急的事，他和我们说话也是和和气气的。

中国人讲究以和为贵，和气生财。李双星再没有脾气，好歹也是一个县扶贫办的主任，是一名部门领导干部，他能够做到这一点，说明一个问题——李双星有着良好的自身修养，有着高尚的品格操守。

他始终在心里告诫自己，绝不能把负面情绪带给老百姓。

在他看来，自己面对最多的是百姓，百姓找到自己一定是有所“求”。不论这“求”，在不在李双星的职责范围之内，总之找到了他，也就有了希望。

因此，对每一个找他办事的人，归他管的马上解决，不归他管的他也会想方设法帮助解决，而不是敷衍塞责，一推了事。

李双星解决问题雷厉风行，面对困难游刃有余。

接触过他的人对他都是非常佩服，能够做到这个份上，完全得益于他有着广泛的人脉。

在阜城县，几乎所有的局长、书记乡镇长等，都是李双星的朋友。

一方面，源于他曾经在乡长、书记的岗位上有过长期的基层工作经历，交往中打下了良好的人际基础；另一方面，也得益于他为人实在，助人为乐。他所做的事情没有为自己的，都是为了百姓，做好事、做善事。

于公于私，涉及哪一个部门，只要李双星张口，大家都会乐于帮衬，积极配合。

因此，也有人说，阜城县的扶贫事业不是李双星一个人做的，是一大群人在帮李双星做的。

这话没错，在当今时代，讲究的是协作、合作，做任何事业，单枪匹马都难以成功。

但“火车跑得快，全靠车头带”。有些事业，即使大家都有去做的想法，如果没有人站出来带头，也是难以成功的。

了解机关工作的人都知道，若靠自觉，没有人逼你，一般人都会选择轻松，很少有自我加压，自讨苦吃的。李双星却是个例外。

他并没有把工作当作一种差事，而是当作了组织上交给的一份无上光荣的事业，为此耕耘不止。

作为扶贫办主任，李双星依靠个人魅力，靠自己的一颗赤诚之心、坦荡之心，在扶贫的道路上，一路向前，并带动了志同道合的人不断加入进来，汇成了一股强大的扶贫力量。

这当中，有各级政府官员，有乡镇长、书记、一般乡镇干部，也有村里的书记、主任等等。当然，更多的还是那些期待着早日脱贫，彻底走上富裕之路的贫困百姓。

大家拥护李双星，信任李双星，心甘情愿在他的带领下，为扶贫事业发出自己的光和热。

因此，阜城县扶贫事业做得好，李双星的带头作用非常关键，广泛的人脉，是助他成功的不可缺少的重要一环。

而维护人脉，也需要花费大量的时间和精力。李双星的工作也就延展到他的生活中，他完全是生活工作化——把自己的全部精力都投入到扶贫这一项事业之中了。

有记者曾经问李双星，有没有觉得力不从心、应付不过来的时候?

李双星回答，就那么一次，还真有点扛不住了。一边是我爱人癌症在济南化疗，一边是阜城这边老百姓打电话，说大风把大棚刮坏了，叫我回去想办法。

我知道老乡们是真的没辙了，他们也不知道我媳妇闹病了，我也不能说闹病了，只能硬着头皮赶回阜城。

媳妇娘家人不理解，说："你媳妇都这样了，你还惦记着大棚？"当时我也想，我这是图什么呢？我要是不张罗种大棚，哪会犯这个难?

李双星说，你想，大清早五点钟，三四十岁的大老爷们儿，一个个坐在田间地头上哭着给我打电话——我就是他们认识的"最大的官"了，老百姓这是拿我当最后的依靠了。他们找的不是我个人，这是找党找政府呢。我要是不管，你说，让他们找谁去?

后来，老乡们知道了我家里的情况，听说苇根熬水对我爱人的病有好处，成捆成捆地给往家里送啊——这是咱跟老百姓"以心换心"换来的，我不怕说收过这个礼。

这份礼是老百姓的一片心啊！说明老百姓对我还是认可的！

说实在的，现在总有人说老百姓不好管，其实老百姓最能感受到谁是真心对他们好，关键看你肯不肯多担当。如果每一个政府官员都能真心真意地替老百姓着想，哪还有那么多老百姓闹事啊？

《宰相刘罗锅》里面有首歌唱得好：“天地之间有杆秤，那秤砣是老百姓。”其实，我们为老百姓做了多少，老百姓心里明白着呢！他们在心里称量着我们呢！那是糊弄不来的！

李双星得到贫困乡亲们的信任，是他自己一点一滴换出来的，这份信任是他能够做好扶贫工作的动力和保证。老百姓就是考官，你能得多少分，老百姓有尺码，很公平，李双星的考卷是最优秀的，他不是靠“主任”这个职务，而是靠他心怀百姓、敢于担当赢来的。

对待乡亲们，李双星总是充满了热情，然而对待自己和家人，有时候他却不近人情。

李双星是个原则性很强的人，毫无疑问，有时候到了令人难以接受的程度。

阜城的大棚蔬菜在李双星的引领下发展起来了。

如今，一到阜城地界，首先看到的，是一眼望不到边的大棚，如波浪般起伏在天空之下，充满了生机与活力，显得格外壮观。

按照李双星的谋划，设施农业发展起来了，部分群众实现了脱贫。设施农业中，主要是大棚蔬菜。每到生产旺季，各类瓜果蔬菜，堆得跟小山似的。

“吃水不忘挖井人”，大棚里的蔬菜成熟了，农民们总愿意把最早的、最好的、最具特色的瓜果蔬菜送到扶贫办，让李双星和他的同事们都尝尝鲜。

李双星就是组织农民种大棚的，按说家里不缺蔬菜，可是事实并非这样。

李双星的一位助手，也是他的一个好朋友，曾经给我们讲了让他充满敬佩、印象深刻的一件事：

有一次，他在大街上见到李双星的爱人买菜，买了一个茄子两个西红柿，他感到很不解。因为他知道，单位仓库里的蔬菜很多，都是种大棚菜的群众送来的，虽然说单位有食堂，能吃掉一些，但消耗有限，有的堆在库房都快烂了，可是李双星的爱人还要自己买菜。

“李双星为何与其让蔬菜烂掉，也不拿点回家吃？”我们问。

“我太了解李主任和他的爱人了，对李主任来说，如何处置群众送来的瓜果蔬菜是有原则的，在他爱人看来，家里需要买菜了，就去买了，他们觉得很正常。”

“可是在外人看来，就很难理解，几个茄子、西红柿，不是什么值钱的东西，至于吗？”

这位曾在扶贫办工作、现任乡领导的同志感慨道：

“见过很多假公济私的，见过很多占公家便宜没够的，喝公家茶，公家酒，抽公家烟的，报纸上也报道过有些贪官甚至用公款支付自己女儿生孩子费用的，支付儿子请保姆费用的，他们和李主任比起来，差距何止十万八千里！”

其实，他当时并不清楚，这些蔬菜在李双星看来，不只有“吃”的功效，还是很好的宣传品。

正如最初种植大棚的那些人，他们都是在参观了山东的大棚蔬菜基地之后，才产生强烈的种植欲望的。

因此，群众送给李双星的蔬菜，都被他当作了宝贝，大部分作为样品，转手送给了前来取经的群众，他要用事实向更多的贫困群众为大棚瓜菜做宣传推广。

这也就不难理解，为何李双星不舍得往家拿菜了，那是因为他觉得那些蔬菜有着更多的用处，是他做扶贫宣传工作最好的道具。

好在，妻子支持和理解李双星，从不在这种小事上与他计较。

实物在手，介绍大棚种植就直观得多，省去了好多烦琐的解释。那些前来取经的群众拿回去后，品品味道、尝尝新鲜，一些还犹豫的人后来果断下了决心搞种植。

何丽霞给我们讲述了另外一件事。

她说，常有这样的时候，李双星每次回家的时候手里都拎着菜，昨天一堆、今天一堆，连续好多天，家里的菜总也吃不完，她有些奇怪就问李双星，才知道他是去逛菜市场买回来的。

原来，李双星为了掌握市场上的蔬菜价格变化，到菜市场调研，如果总是问来问去又不买，他会感觉到不自然，所以顺手就买点菜，价格也就清楚了。

他心里时常装着瓜菜的市场行情变化，比那些大棚种植户对市场还关心、还清楚。正是靠着这些细微之处的用心，李双星的扶贫工作才得以做得风生水起。

对百姓一诺千金誓言不改

阜城县的贫困农民都知道，李双星是一个“一诺千金”的人。

李双星在做乡镇领导干部时就曾发誓：“让农民挣钱。”

后来，他做扶贫办主任，虽然不完全是自己的选择，但他认为身在这样一个职位，有这样一份工作，能够实现自己的诺言。

因此，走上扶贫办主任岗位后，李双星脚踏实地，一步一个脚印，有条不紊地推进了整个阜城县的扶贫工作。

李双星一直努力工作，并不仅仅因为他是个工作狂，更因为他想给自己一个交代。自从三十多年前他到乡镇工作起，他一直追求的是为民办实事。走到扶贫岗位上后，如何尽早尽快地让广大的贫困百姓脱贫致富，成了他彻夜难眠的心事。为此，多年来他矢志不渝、不改初心，始终用忘我的工作状态，实践当初的承诺。

这个追求，做起来并不那么容易，需要巨大的付出。而“付出”这两个字说起来容易，做起来却很难。

李双星之所以有着如此持之以恒的决心，与他的童年经历不无关系。提到童年，李双星记忆非常深刻：

当初，我们村穷得连条正街都没有。全村150户人家，过年能吃上肉的不到20户。

我父亲有残疾军人补助，也不舍得买精肉，买个猪头一家人就算过年了。

中专毕业后，我主动要求到条件艰苦的大龙乡，工作积极要求进步是一方面，另一方面是因为离老家近。我哥当时在东北打工，姐姐嫁人了，弟弟妹妹都上学，家里27亩地靠我一个人种。

那时候，我每天中午下班都要到地里干活儿，干到下午两点再去上班，顶着日头割草、整宿浇地……那滋味我是非常清楚的。因此，老百姓有多不容易，我是感同身受的。

李双星的话没有错，在他的同龄人中，县乡一级干部多数都是农村出身。

可是，像李双星这样有经历、有能力的干部应该也不在少数，为什么唯独他能够成为扶贫的榜样？

对此，李双星有着自己的理解——

好多人看见困难群众都有同情心，往往感叹多于行动。毕竟人家不是慈善家，更不是扶贫干部。我则不同，我是扶贫办主任，干的就是扶贫工作，如果再做不好，不仅失职，也是要被老百姓骂的。

为了群众脱贫，再忙再累，心里也感觉到很轻松、很踏实。

你要让我琢磨当官儿去，我没那个心思。我当干部年头儿不短了，给老百姓干的事也不少，可与我自己定下的目标相比，还差得很多，我还是觉得亏欠老百姓太多太多。

这就是李双星与众不同之处，他越是了解老百姓，越是走近老百姓，便越能体会到老百姓的苦与穷。他是一个见不得老百姓受苦受穷的人，于是扶贫工作越深入，他对自己的要求也越高。

而这一切，归根结底，还是因为他对贫困百姓爱之深，对贫困乡亲脱贫致富急之切！

在李双星的眼中，老百姓是最可敬的、最可爱的衣食父母。他不会忘记他的车坏在路上，老乡光着膀子给他推车，浑身是汗的场景。老百姓的真诚与可爱让他时刻铭记在心。

李双星过后才知道，那次老乡雨中用拖拉机把他的车拖到乡政府后，他给那个老乡换了一身他打篮球时穿的运动衣，老乡到现在还留着。18年了，老乡还时不时跟别人提起“这是李双星书记送给我的”。

可能在那位老乡的心中，李双星是一位值得所有人尊敬的好书记，能有一件李书记给的衣服，那一定是值得炫耀的。

如果李双星得不到老百姓的认可，想必那件衣服早被老乡扔了。

对于如何与百姓很好地相处，李双星也有着深切的感悟：

为什么有些人跟老百姓不能很好相处，原因不在老百姓难相处，老百姓实际上是通情达理的，关键还是这些人没有把自己融入进去，没有真正地跟群众交流起来。

政府工作人员与老百姓打交道，应该是水泥和沙子的关系，而不应该是水和油的关系。

百姓非常懂得回报。我在蒋坊乡待了六年半，先前蒋坊乡是个有名的上访大乡，自从我去了之后，再没有一个上访的。

我也纳闷儿，就到村里问老百姓，老百姓跟我说了句真心话：

“李书记，俺们老百姓能有多大事儿啊，看你一天天地忙着打井、修路，为了俺们那么不容易，俺们也不愿意再给你添乱了。”

农村能有多大的事，但是小事处理不好，你总是躲着不管，百姓心里有气，也不是故意给你找事，他是想看看你这个干部有多大本事，你越躲他，他越想找麻烦。

明白这个心理，我就想，你不是想见见我吗，那我躲什么？如果一直躲下去，我这干部当得也太不称职了。

所以，在乡党委工作期间，我从不歇班，也从不关办公室的门。谁来找我，只要不忙，一律接待，有事马上解决。

现在大家总说干群关系疏远了，怎么疏远了？这怪不得老百姓。还得从自身找找原因。

我觉得出现这种情况，一是我们自身的工作不扎实，没有把该处理的问题处理好，留下了尾巴；二是我们的工作作风有问题，没在农民面前露真本事，能够及时解决的问题拖着不解决，导致矛盾越积越深。

比方说，现在有些村子富裕了，每年都能分红，结果分红还有闹大矛盾的，这就不应该了。

当初我去乡下征收都没这么大矛盾，车坏在了路上，农民还给我拉车，为什么会出现这两种不同的情况，大家想想就明白了。

我之所以能够在扶贫战线上干得顺风顺水，说到底，离不开老百姓的支持与参与。也是因为我为他们真心实意地做了点事，让他们心里暖和了。

对我们党的干部来说，给民以利，他们会拥护我们，做起事来就会事半功倍；而与民争利，只会让我们失去民心，做起事来只会事倍功半，甚至做不成事！

尤其像我们扶贫工作，现在搞精准扶贫，就是要一个村一个村、一个贫困户一个贫困户实打实地解决脱贫问题。贫困农民都在看着我们，从中央到地方，都承诺到“十三五”末实现小康目标，既然承诺了，就必须要兑现。因此，在扶贫工作中，容不得半点马虎和掺假。

如果轻轻松松都能脱贫，那老百姓还要我们干啥？既然需要我们，说明我们的肩上还有很重的担子，正因为有担子在，就有压力在，我就要想方设法做好扶贫工作。

对我来说，能够看到全县贫困乡亲都走上富裕的康庄大道，是一生值得庆贺的一件大事。为了实现这个目标，我个人就算累死在田间地头，也值得！

第六章 精准扶贫

大格局与大发展

阜城之名历史悠久，至今已有两千多年。

据《阜城县志》载，西汉高祖年间置阜成县，属幽州渤海郡。据《太平寰宇记》载，阜城县地势较高，又多土岗沙丘，为求物阜民丰，取《尚书》“阜成兆民”之意，故名“阜成县”，后改“成”为“城”。悠久的历史孕育了阜城人“艰苦朴素、重信义、讲礼让”的质朴民风，阜城县名的内涵就寄托了人民群众对美好生活的向往——物阜民丰。

然而，美好向往和现实之间往往会有一道难以逾越的鸿沟，新中国成立以后，阜城县始终没有摘掉贫困的帽子，导致扶贫之路艰难而漫长。

1986年至2001年，阜城县的扶贫工作由民政部门牵头负责。主要是对贫困人口以“扶持、扶助、扶贫”相结合的方式，予以适当的救助。

2002年，李双星出任扶贫办主任后，通过调研摸底，确定了全县88个贫困村为扶贫开发工作重点村。

“既然组织上安排我当这个扶贫办主任，我就一定要带领乡亲们走出贫困，走向富裕的康庄大道。”上任之初，李双星便在心中许下了诺言。

作为一名基层扶贫干部，李双星肩负着全县贫困人口的脱贫重任。然而，他的视野又绝不仅仅局限于阜城县。

在他的电脑中，我们见到了他从搜集来的数十张关于贫困儿童、农民工、山区学校的图片，每张图片都震撼人心。

李双星告诉我们，他之所以保存这些图片，为的就是把这些贫困的场景当作警钟，当成提醒自己坚持不懈做好扶贫工作的一面镜子。

不只是图片，他还搜集了一些关于中国贫困人口的资料，以及当今农村的现状。他要作个对比，通过几年的发展，看到阜城县在全国扶贫工作中取得的进步与不足。

在他的资料库中，我们看到了这样一组数据：

2014年，全国城镇居民人均可支配收入为20147元，消费支出8383元，农民人均纯收入为9892元。今年上半年27个省份城乡居民收入公布，上海城市为26664元，农民收入为13346元。河北2014年度城镇人均29082元，农村11191元。唐山12867元，衡水8100元，承德6894元。

全国农民工总量2.7亿人，50岁以上的有4685万人。其中：外出务工1.6亿人，本地务工1.1亿人，人均月工资2864元，人均欠薪9511元，比上年增长17%。

至2014年底，全国60岁老人2.12亿，占总人口的15.5%，规模大、失能多、社会负担重、农村老龄问题突出。山东平度一位87岁老人7年没吃过饺子……

2014年，城镇低保1880.2万人，农村低保5209万人。

农村五保529.5万人。农村贫困人口比2013年减少1232万人。

我们还发现，在李双星搜集的资料中，还有这样一条用红线特别标注的信息：

珠三角民工的工资10年间没有上涨——不能兼顾父母和子女的双重考验，留守儿童和空巢老人问题日益受关注。

李双星搜集这么多数据，并非是他闲来无事。他山之石，可以攻玉。李双星有一个宏伟的想法，就是想通过涉及农村农民的大数据，从中发现点什么，悟出点什么，找准自己扶贫办法中的“准星”。

虽然自己只是一个县扶贫办主任，但是，扶贫工作是党中央、国务院在全国范围内同步开展的一项利民政策。

他觉得自己的视野不能局限于一城一地，在他看来，只有广采博取，高瞻远瞩，立足阜城，放眼全国，才能找到了一条既适合阜城县本地实情，又能为别人提供借鉴从而提高扶贫效率的扶贫大道。

在李双星的办公室，我们看到这样一个课件，这是他给党校、扶贫干部和第一书记们授课时讲的部分内容：

河北省扶贫政策和脱贫目标：共投入财政扶贫专项资金29亿元，涉及62个县，平均每县4670万元。

2014年，出列10个贫困县2140个村的100万人，还剩52个县、7366个贫困村的410万人。主要分布在燕山、太行山、黑龙港流域和环首都9县。村均40万元（按全省投入30亿计算）。

致贫原因：文化缺乏、思想观念落后、自然条件差、整体生存环境落后、大病残疾导致孤寡老人、因婚返贫、人口比例失调……

帮扶思路：以市场的思维和机制推动扶贫开发工作，大力发展股份合作经济、现代农业园区、山区综合开发和家庭手工业四项重点工作。

燕山地区：平泉、围场为中心——食用菌产业。

太行山区：临城、赞皇、阜平——干鲜果品产业。

黑龙港流域：献县、阜城——设施瓜菜产业。

坝上地区：张北、丰宁——错季蔬菜和马铃薯。

其他地区：红枣、肉牛、育肥猪、蜜蜂。

社会帮扶：2014年我省省、市、县三级共有6360个单位9678名干部驻村帮扶——谋划发展产业扶贫项目。其中32个国家机关，共投入2839万元，引进1.4亿元，上项目92个。省级帮扶单位投入3.2亿元，其中，直接投入资金1.4亿，引进资金1.8亿元。

具体提出“十项工作任务要求”：

①指导做好农村土地承包经营权确权工作。

②帮助贫困户搞好土地流转。

③为贫困村引进或培育一个市场主体。

④帮扶贫困村发展一个特色产业。

⑤为贫困村落实一笔银行贷款。

⑥做好贫困村饮水安全工程建设。

⑦建立贫困村垃圾处置机制。

⑧实现贫困村道路硬化。

⑨直接帮扶特困户。

⑩建设坚强的村级组织。

找准对象：省委、省政府制定了扶贫帮困的“春雨行动”，动员全社会的力量，重点关注五类贫困人群：农村低保、五保、困难优抚对象、城镇低保户和优抚对象。

重点在就医、上学、创业、住房、基本生活保障等五个方面进行帮扶。

措施到位：在今年全国“两会”上，省委领导具体介绍了河北扶贫攻坚的五大措施——“五到”：

第一，目标到年度。就是每个年度都要有明确的任务目标。2015年再减少10个扶贫县的100万人脱贫出列。

第二，规划到乡村。每个乡村都制定产业脱贫规划。全省各贫困村正在申报产业项目五年规划。

第三，扶持到项目。把扶贫资金落实到农业、乡村旅游、移民搬迁等具体项目。

第四，受益到穷人。确保扶贫对象稳定增收。

第五，责任到人头。把帮扶任务落实到具体责任人。

目标明确：2015年京津冀一体化战略，在全省建立100个万亩以上的现代化生态农业园区。

……

万亩棚菜示范区

可以看得出来，李双星把政策捋得有条不紊，吃透政策，精准定位，扶贫思路清晰，项目把控准确，措施得力落地，按照这个措施和目标抓扶贫落实，一定会取得成效。

实际上，在李双星任扶贫办主任的这几年，阜城县也确实在扶贫工作上取得了巨大的成效。

有一组数据可以说明问题：截止到2015年9月17日，李双星为阜城县争取了各类财政资金1.8亿元，全县瓜菜种植面积由几千亩发展到了23.6万亩，创造效益18亿元，全县6.7万名贫困农民年人均纯收入由600多元提高到了5000多元，真正实现了贫困群众脱贫致富的美好梦想……李双星也被广大农民群众亲切地称为“李扶贫”“李福星”。

如今，瓜菜大棚已经成为阜城县农业的一大支柱，阜城县也成了全省知名的绿色无公害瓜菜生产基地和国家西、甜瓜体系试验基地。

最早开始种植大棚西瓜的漫河乡，还被确定为全国“一村一品”示范乡镇，漫河乡还被省农业厅认定为“河北西瓜之乡”，“漫河牌”西瓜商标驰名全国，连续六年被评为河北省名优农产品，还入选了国家地理标志保护产品。

西瓜交易市场一角

成绩有目共睹，辉煌的成绩背后是无数的汗水。可是李双星付出了多少的辛苦，做出了多少牺牲，恐怕很难有人能说得清楚。

回首走过的路，往事历历在目。

阜城县漫河牌西瓜

“扶贫的压力这么大，这些年你是怎么走过来的呀？你这没日没夜的，就没有感觉到累的时候？”

当我们这样问他时，李双星乐观开朗的脸上露出了凝重的表情：“累呀！怎么会不累呢！很多时候，身体累，心也累。”

李双星告诉我们，当家庭和工作遇到双重压力时，自己也曾独自静静躲进林荫，洒入肝肠，化作泪两行，不知不觉中泪眼蒙眬，对着天空默默发呆，千头万绪，越想把事情做得完善，越是累！

是啊，累是必然的！都是血肉之躯，人到中年，上有老下有小，为了扶贫事业十几年如一日地拼命干，哪能不累呢！就是铁做的机器也受不了啊！

“十三五”贫困村脱贫计划图

扶贫工作千头万绪，是一项系统工程，需要每一位扶贫干部脚踏实地，步步推进，来不得半点马虎、松懈和支应差事。

“细节决定成败”，扶贫工作更需要严谨。

阜城县扶贫办是扶贫工作典型，是规范化的典型，他们不仅在工作成效上遥遥领先，在宣传标准规范化上也值得学习。

2016年4月19日，“河北省推进脱贫共建规范化管理现场观摩会”在阜城县召开。

当天上午，由河北省扶贫办副主任李建军率领的观摩代表团一行30余人，依次观摩了衡水市扶贫办、阜城县扶贫办、漫河乡、蒋坊乡邓屯村推进脱贫攻坚规范化管理情况。

观摩会上，李建军就脱贫攻坚管理规范化建设的意义、推进五级挂牌的必要性、工作推进的重点及保障性措施等问题进行了深入浅出的阐述。

期间，观摩代表团还看了李双星的办公室。

李双星的办公室位于阜城县财政局办公楼的三楼，在他办公桌后面的墙上，一幅“勤政为民”的书法镶嵌在镜匾之中。旁边则挂着一幅长一米半、宽一米的“阜城县‘十三五’贫困村脱贫计划图”。

在这张计划图上，分别用圆形、五角星和三角形标示着272个贫困村的脱贫进度：

2016年，确保80个村1.5万人脱贫出列；

2017年，确保82个村16440人脱贫出列；

李双星在办公室

2018年，确保110个村15473人脱贫出列。

在门口一侧，摆放着两组文件柜。里面是些常用的书，还放了几张儿子的照片，和几摞荣誉证书。

就是在这个小小的办公室里，不久前，国务院副总理汪洋也曾在李双星身后的这张“阜城县‘十三五’贫困村脱贫计划图”前驻足，并加以赞扬。

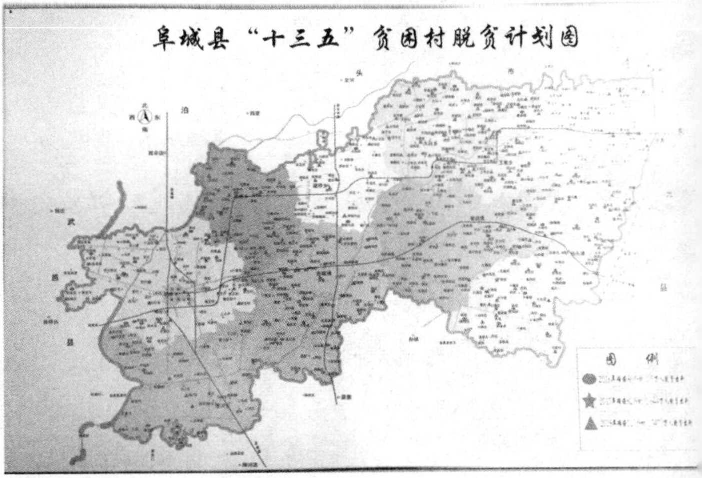

阜城县“十三五”脱贫计划图

这幅图是李双星用来鞭策自己的。尽管他开玩笑地说“一回头就发愁”，但他还是经常面对这张地图陷入沉思。

因为对他来说，那绝不是一张普通的图，图上的每一个符号在他心中都有很重的分量。

他很清楚：截至2016年，阜城县610个行政村，已经脱贫152个，正在扶持272个，贫困人口46913人，贫困户18968户。

李双星知道，脱贫攻坚时间紧、任务重。要实现按进度脱贫，不光是快马加鞭的问题，资金、技术、人员等等因素，都需要他一步步解决。

“一回头就发愁”，不完全是开玩笑。

他说，从我个人的角度讲，绝不能说局面打开了，就有松口气的想法。

在李双星的心中，有关扶贫工作，他已经有了长久的规划。

他深有体会地说：原来扶贫这块儿不太受重视，有时候到乡镇要个数据都得看人家的脸色；在县委召开的会议上，扶贫办总是被安排到最后发言，有时候前面的人汇报时间长了，好不容易轮到扶贫办发言了，会议主持人说，该吃饭了，散会吧。

人们对扶贫办认识的转变是什么时候发生的，谁也说不清楚，但现在很多人都知道“原来扶贫办这么辛苦，不容易”。

李双星真切感受到，现在各方面都围绕扶贫攻坚做工作，对他们的理解支持也就多了。

李双星工作起来常常废寝忘食，扶贫办其他工作人员也都不含糊。李双星说：

> 过去我自己抛家舍业地干不说，手下的几个年轻人也都累得直哭。忙的时候，回到家抱着孩子还得在电脑上处理公务。如今，县里答应给我们扶贫办添人手了，要多少人给多少人，我这才敢跟大家说，今后尽量不搞得那么辛苦了。
>
> 我们现在还处在扶贫攻坚的关键期，恐怕这爬坡要劲的日子，还得再咬紧牙关撑一段时间。
>
> 虽说现在扶贫办受到了各级重视，可扶贫工作也不是着急就能解决的事，还得沉住气，拿出科学合理的项目。现在我一怕底下急于选项目出成绩，一急项目就容易出问题；二怕项目重叠，市场支撑不住，到时候还是挣不了钱。另外，还得警惕一些地方出现“数字脱贫”的现象。

随着这些年来，信息技术的快速发展，李双星也认识到了自己的不足：

我发现我得加强学习了。虽说这些年来，我只要在办公室，不是上网搜信息，就是看国家政策，可没想到还是落了后——上一回参加市里的一次开卷考试，人家都是在手机上一搜，提前20多分钟就交卷，我一个人坐在那儿翻了半天书，结果弄到最后一个交卷。

在接受新事物上，我从没认过输，不过这回我算是服了。时代在发展，网络化、信息化已经成为生活的常态了，网上销售、网上购物快成了年轻人的第一选择了。

我要再像现在这样，连个微信也不会使用可不行，我得抓紧时间补上这一课。我还得琢磨琢磨，如何把大棚种植与网上推广结合起来呢！

李双星的这些话实实在在。不过说到上微信，还真不是李双星的意识赶不上，也不是他接受不了新鲜事物，而是因为他的手机根本就不支持上网功能——他的手机还是一款翻盖的摩托罗拉，十几年前的老款。这些年来，使着挺好，他一直没舍得换。

何丽霞说："现在人们都在微信上交流，很方便。我和亲戚朋友的交流，和孩子的交流，基本上都是通过微信，信息沟通快，也很及时，双星除了手机没有这个功能，还有就是根本没有时间上微信。"

是啊，李双星的确没有时间上微信，那他的时间又都去哪儿了？李双星说不清楚，但贫困村的村民们能说得清楚，扶贫办的同事们能说得清楚。

李双星用自己的时间，换来了贫困百姓脱贫致富的空间。在扶贫事业上，李双星取得了前所未有的成功！

"细胞工程"对接精准扶贫

由于常年泡在贫困村，和老百姓的言谈话语离不开"扶贫"，加上他真心实意抓扶贫，久而久之，李双星被当地的群众亲切地称作“李扶贫”。

李双星把贫困百姓看成自己的亲人，把百姓的疾苦当作自己的疾苦。为了扶贫，他筛选项目，跟进服务，比自己家的事都上心。

将心比心，贫困村里的老百姓也都把他当作亲人，犹如当年老区人见了八路军。

能够让老百姓打心底里认可你，并不是一件容易办到的事，但李双星办到了。

李双星能够让百姓如此爱戴，非一日之功，可谓日久见人心。

2003年8月15日晚上7时30分，放下碗筷，李双星又拎上他的大喇叭出门了。

“今晚约好了要给梁庄、南旺、黑龙庙三个村子上课，考虑他们都是单一的西瓜种植户，早就打算给大伙讲讲田间间作了。”

赶到南旺村村委会办公室时，院里院外已经站满了人，不一会儿，李双星的“扶贫夜校”开讲了。

上任伊始，李双星的“扶贫夜校”就开始了，当时为了说服群众搞大棚种植，李双星经常利用中午和晚上时间，走村串户，给大家讲解棚菜种植收益、市场行情等，常常一晚辗转两三个村。

古城镇东马村村民马福江清楚地记得：

李双星第一次到他们村里讲课时，正值6月，白花花的日头晒得乡亲们都躲在家里不愿意出来。李双星却顶着烤人的日头站在村口树底下，当时村里稀稀拉拉来了十几个人，李双星愣是从中午十二点讲到下午两点。

“不是不欢迎李主任进村，实在是没有办法，当时，村里穷得连个村委会都没有，压根儿就没地歇脚。”

马福江说，当时他一边听一边想，这个李主任还真是不简单，换作别人，哪会自找苦吃，受这个罪？这可是大中午，弄不好说中暑就中暑的！

就是凭着这样的劲头，李双星不断地和群众拉近距离，逐渐地取得了群众的信任。正是有了这份信任基础，当地的老百姓愿意跟着他干，听他的招呼建大棚，并很快脱贫走上了富裕路。

他为大伙谋福利，大家也当他为自家人。

大棚内景

如今，李双星说哪个新品种有市场，种植户们二话不说就跟着种；李双星建议改变种植模式，下一季大棚里一准变了样。哪家的瓜熟了，总要把最好的留给李双星尝一尝；谁家有了难事，第一个要找的也是李双星……群众知道，这个“李扶贫”一门心思为大家伙儿好。

老百姓遇到种植技术难题了，还是来找李双星。他二话不说，查资料、请专家，直到解决问题为止。

棚内樱桃西红柿

李双星“人缘好”，扶贫办的同事们深有感触。下乡时，只要一说是扶贫办的，老百姓的态度就很热情，通常都还会顺带问一句：“李主任来没来？”

李双星是个爱思考的人，一个模式成功了，带动了一大批人脱贫。可是每个乡镇有每个乡镇的特殊情况，不能照搬，这就需要李双星是一把好棋手，着眼全盘棋，走好每一步棋。

对李双星来说，如何提高效益永远是他的新课题。他会不断调整种植模式，直到找出他认为最合理的。

大棚西瓜种植成功之后，他又确定了“春季种植西瓜、秋季种植樱桃西红柿”的间作模式，这样一来，一亩大棚的纯收入又从原来的4000元提高到20000多元。

2015年，他又发展起黄桃大豆间作的模式。黄桃的营养十分丰富，含有丰富的抗氧化剂、膳食纤维、铁钙及多种微量元素（硒、锌等含量明显，高于其他水果，是果中之王）。黄桃食时软中带硬，甜多酸少，有香气，水分中等。常吃可起到通便、降血糖血脂、抗自由基、祛除黑斑、延缓衰老、提高免疫力等作用，也能促进食欲，堪称保健水果、养生之桃。

黄桃好是好，但极不耐储藏。大面积种植，等到黄桃成熟时，采摘都来不及，保管也很成问题。

查看黄桃种植情况

未雨绸缪，李双星做了两件事，一是把黄桃分品种种植，让其成熟期从最早的六七月份一直到霜降之后，这么长的时间不断有果成熟。第二件事就是筹划引进罐头加工项目。

种植户所担心的这两个问题解决后，大伙就放心大胆地开始种植了。

对于大豆种子的选取，李双星也颇费了一番心思，他运用自己和农研所、科学院、农大等建立的广泛关系，发动他们在优良品种中选取。经过试种相当成功，种植出来的大豆，不仅产量高，品质还特别好，高碑店等地加工大豆基础的企业，还有做豆腐乳的企业听到这个消息后，纷纷到阜城采购大豆。

2016年9月24日，我们再次采访李双星，我们上午十点到达阜城，一直等到下午两点五十分才见到李主任。

李主任风尘仆仆，气喘吁吁地说："对不住了，因为明天需要处理一些市扶贫办的工作，所以今天在阜城的工作就显得格外紧张。上午转了几个村，下午在回衡水的路上还要看看豆田的情况。"

简短采访后，我们跟着李主任走进了一望无际金灿灿的豆田。

带一棵回去数数豆荚

一棵棵大豆长势喜人，李主任满脸挂着灿烂的笑。他不停地给我们讲，优质大豆给农民带来的收益，大豆产业的发展前景。

临别时，李主任顺手拔出了两棵大豆递到我们的手里，拎到手上感觉沉甸甸的。仔细数了数，一棵大豆168个豆荚，另一棵大豆152个豆荚。

除此之外，李双星还发展葡萄种植，大面积种植高粱大豆，尝试种植黑小麦等等，都取得了成功。

李双星为贫困户的服务是一条龙服务。不只是管种，作物生长期间，他还聘请技术员走家串户，帮种植户解决问题，并引进飞机进行农药喷洒，最后还帮助销售。

2007年，瓜农地里首次轮茬间作的豆角成熟了，可因为受销售渠道限制，只卖到0.6元一斤。

李双星不服气，他相信这么好的产品肯定会有销路，于是他与电视台栏目组联系，请他们帮忙推销。第二天中午信息刚一播出，就引来了大批外地客商争相抢购，当天的豆角收购价每斤上涨了0.4元，仅此一项，每亩就增收了1100元。

李双星善于调动人的积极性，他的办法很多。其中之一就是开展技术培训，加大扶持力度。

为此，扶贫办组织在全县范围内逐村进行动员培训，大力普及科学种田技术。

为激发贫困户的生产热情，扶贫办邀请本县和外地的种菜大户和种菜能手现身讲解；

通过电视台开办技术讲座和扶贫技术培训；

从北京农科院聘请“京欣西瓜”育种人陈教授做全县瓜菜技术顾问，推广种植“小西瓜”“樱桃西红柿”等14个新品种；

县扶贫办还及时出台扶贫项目资金扶持措施，根据各类生产规模给予不同扶持……

一系列举措的实施，一下调动了全县贫困户开展生产的主动性和积极性。

造成贫困的原因多种多样，脱贫的办法也各有不同。李双星牵头创建的扶贫工作“细胞工程”“入户项目登记卡制度”等先进经验，得到了国家扶贫办的认可，面向全国推广。

“细胞工程”就是今天所说的“精准扶贫”，李双星扶贫的“细胞工程”，就是他主动对接“精准扶贫”，其要点是：

1. 精准扶贫的关键在于精准调研

李双星了解阜城县每一块土地、到过每一个贫困户家中，通过实地走访、调研，他精准地掌握了每个贫困村实际情况，为扶贫工作的精确展开打下了扎实的基础；

2. 精准扶贫的重点在于精准谋划

李双星没有单纯地把提高贫困户的收入作为唯一标准，面对全县贫困农村的布局特点，他始终站在布局阜城大农业高度，将扶贫与规划合二为一。

在他看来，发展必须是可持续性的，长远的，不能只满足于眼前，满足于一时。为此，在谋划中，做到视野开阔，既吃透发展大格局，又紧密结合阜城县贫困实际，为各地绘制精准发展蓝图。

3. 精准扶贫的核心在于精准施策

李双星为各地“贫困症”把脉，针对不同“体质”开出不同“药方”，为各地确定不同发展举措，以达到脱贫致富的目的。

针对不同贫困区域环境、不同贫困农户状况，运用科学有效措施对扶贫对象实施精确识别、精确帮扶、精确管理。

在全国脱贫攻坚战中，李双星率先打响了精准扶贫第一枪。首战告捷，无愧于时代先锋称号，无愧于党和国家赋予他的历史使命。

诚如习近平总书记所言，扶贫开发“贵在精准，重在精准，成败之举在于精准”。

李双星用实际行动证明了精准扶贫的正确性。

李双星的精准扶贫还在于充分发挥省市县三级扶贫工作队的作用，实施定点帮扶。

他要求每名驻村干部定点帮扶10户贫困户，做到目标措施明确，一帮到底，不脱贫不脱钩。

在县委县政府的支持下，他还推广了由发改、水利、交通、电力、教育、民政、卫生等职能部门联合扶贫的做法，通过整合各方资源，有针对性地对贫困村户进行帮扶。

扶贫离不开资金，为了让扶贫工作与地方经济发展协同并进，他还鼓励工商资本参与扶贫开发，先后同德隆农业科技开发有限公司、旭景华都房地产开发公司等38家公司开展联合扶贫开发，推行“龙头企业+农户”“龙头企业+贫困户+产业”等股份制经营模式，拓宽了扶贫工作领域，创新了扶贫工作机制。

在精准扶贫的引领下，阜城县扶贫扶出了产业，带动了增收，促进了农业升级，连续9年被河北省评为“扶贫开发工作先进县”，先后获得全国“蔬菜产业发展重点县”、国家“西甜瓜体系试验基地县”等荣誉称号，扶贫工作受到了国家、省、市多次表彰。

《人民日报》也对阜城县实施细胞工程带领贫困群众脱贫致富的做法进行了报道，原国务院扶贫办主任刘坚对阜城县的扶贫工作给予了高度评价，并做出“扶贫打造致富产业，向全国各地推广”的批示。

精准扶贫要“用心、用情、用力”。这就要求扶贫干部用心识真贫，用情真扶贫，用力去扶贫。

用心识真贫，对扶贫对象精准识别，扶贫工作才能做到有的放矢。

用情真扶贫，对贫困群众怀有深厚的感情，通过深入群众，走群众路线，做密切联系群众的“贴心人”。杜绝“扶富不扶贫”“扶官不扶民”“扶强不扶弱”的“假扶贫”现象。

用力去扶贫，就是下大力气，做好扶贫资金的精确发放，让扶贫资金借助科学的扶贫方式实现对农户的最大化升值。

……

李双星在不断探索各种模式，家里有劳动力的，怎样扶贫，建大棚、搞种植，都可以。

但是家中只有土地，没有劳动力的怎么办？李双星想到了“股份制”扶贫。

这个项目针对家里没有劳动力的贫困户，扶贫办给每户5000块钱扶贫资金。但这5000块钱不是让老百姓自己去搞什么项目，而是拿来入股龙头企业，并与企业签订合同。由企业来决定农民种什么，收成由企业保底收购，企业每年再给老百姓不少于10%的分红，5年以后，公司再把本金退给老百姓。这就相当于给贫困户上了双保险。但是它要求必须对“准”一个龙头企业。

对于每一种合作模式，李双星都参与试验。比如河北益彰食品酿造有限公司采取“公司+农户”经营方式，发动农民种植签订回收合同的大豆、高粱5000亩。

在开展村企合作中，推广“公司+合作社+基地+农户”模式，鼓励农民通过依法流转土地经营权、林权入股分红等方式参与项目开发，实现村企合作、互利双赢。

在组织专项扶贫中，企业依托自身优势参与贫困村整村推进、劳动力转移培训、产业化扶贫、扶贫移民搬迁等专项扶贫工作。通过整合扶贫资源，提高扶贫效率、放大扶贫效益。

在实施商贸带动上，发挥民营企业人才、技术、市场、信息优势，完善农产品市场流通体系，建设农产品批发市场和城镇直销网点，帮助农副产品直接进入大中城市和大型超市。

由此，我们想起这样一个故事，古时，一个药房开张，掌柜的挂出一副对联：

但愿天下人无病，
何惜架上药生尘。

一个药房希望世上的人都能健健康康的，即使药架上的药都落上了灰尘也不觉得可惜。这是一种博大的胸怀。

在扶贫问题上，李双星和这个药房掌柜有着相似之处的事，只要是对贫困百姓有好处，对群众脱贫有好处的事，他就会不遗余力地去做，而且做就做好。

李双星突出的扶贫成就，是他勤勤恳恳思考、踏踏实实推动做出来的，他把自己的扶贫之路总结出来，形成文字，毫无保留地传播给需要的人——乡镇干部、村支书、村主任、驻村干部等等。

传播的渠道，主要是讲课。

他在阜城县讲，在衡水市讲，在河北省扶贫办组织的各种会议和交流活动上讲，在山东等其他省市讲。

只要有邀请，他就去讲。

他不怕别人按照他创造出来的扶贫办法去做，恰恰相反，他还鼓励人们根据条件复制自己的成功经验。他的经验就是阜城产业化扶贫的模式。

这些扶贫模式有的已经实行，效果很好；有的正在实施，初见成效；有的正在启动，前景广阔。

李双星扶贫的路子，从最初的农业产业化，到农业联合社，到龙头企业介入带动，再到打造200亩~300亩的特色庄园，无一不是积极探索的结果。他不盲目、不贪大，为多方着想。

工作中，李双星经常一手托两家、三家，甚至更多家，他会利用所有关系，把资金吸引过来，他也希望人们多到阜城投资农业。

李双星十分务实，他不是把资金吸引过来，把大棚建起来就了事，而是全程跟踪，看百姓有没有稳定的收益，投资商能不能获利。他知道，只有各方都有了利益，合作才能长久，投资才能延续，产业才能正常发展。

在扶贫初期，扶植对象多是当地农民，事情并不复杂。

随着经济的发展，扶贫工作也在不断升级。

由于土地流转的实施，阜城有大片的土地可以运作，于是不同的合作模式出现了，大的农场、合作社性质的农庄也随之产生。

李双星密切关注大农场的经营情况，适时提出控制规模，利用人脉资源和资金优势转向农业的其他环节，比如农产品的更新升级、深加工、运输、储存、销售等等。

他曾开诚布公地和一些原来从事房地产等项目的老板谈，农业投资大、周期长、见效慢、收益小，如果能利用广泛的人脉关系和积累的经商经验，在其他方面加以开拓，而不是盲目流转数千亩，甚至上万亩的土地，可能会更好。

投资者听从了李双星建议，既分散了风险，也在实践中获得了丰厚的收益。农户也避免了投资者经营不善，地款难收的风险。

投资商和李双星成了好朋友，形成良性循环之后，他们都愿意在阜城扩大投资。

种植黄桃的张先生，原本是深州市某村的村支书。在家乡种植黄桃多年，颇有经济实力。阜城实施的黄桃大豆套种等形式，也深深吸引了他。于是，他到阜城县古城镇投资建了一个农场，接下来还将投资建一个罐头加工厂，解决种植户的后顾之忧。

在北京经营娃娃菜的房先生，是安徽人，多年来他在好多地方试种过，最终选择了阜城。他说，阜城没有雾霾，阳光充足，水好，土壤也比较适宜，这些自然条件都是最适合娃娃菜生长的，北方符合这个条件的地方不多。

娃娃菜的生长期只有五十多天，一亩地一季能收入6400元，除去成本也有几千元的收益。房先生专营娃娃菜数年，有上百个品种，有极好的销路。

2016年春，正是适合第一季娃娃菜生长的季节，房先生来到阜城，种子他提供，技术他传授，成品他收购，快到收获的时候，房先生把八十岁的父母以及妻子、儿女都接到阜城县全力以赴等待收获。连装箱的技术工人都是房先生从云南等地请来的，据说每年都乘飞机过来。技术工人装箱的娃娃菜，品相好，售价高，房先生说机票款完全不白花。

在李双星主任的眼里，房先生是能人，是好的合作伙伴，在房先生的眼里，李主任帮了他大忙，发动群众种植，这几年种植面积越来越大。房先生的目标是近几年在阜城发展到上万亩，甚至更多。

李双星以诚待人，在他认为很多事都是应该做的，在别人却是极为难得。

山东省德州市距离阜城县很近，虽然分属两个省，可是两地又有着相似的情况。德州市扶贫办的领导就想让李双星主任给他们的扶贫干部、村干部、第一书记、包村干部讲一堂课。

他们想邀请李双星，可又不知道他有没有时间能不能来，带着试试看的心理，他们联系了李双星。

听说是取经，李双星当即满口答应。

在一个星期天下午，李双星赶到德州，给那里的扶贫干部讲了一堂课。他讲自己的工作经历、在扶贫办的工作、成功经验，听众聚精会神，李双星娓娓道来。互动和提问环节，大家踊跃提问，李双星认真回答，不时传出一阵阵笑声。李双星的讲座，内容充实，事例典型，政策性强，颇具借鉴性。

讲座之后，德州方挽留他吃饭，继续交流，李双星据实相告，阜城还有两拨请过来的专家，必须赶回去。

德州扶贫办为表达谢意，拿出讲课费。李双星坚决不收，他说："这钱绝对不能收，咱们都是扶贫战线上的同事，做的都是扶贫的工作，都是为了老百姓脱贫，这钱我要是收了那成啥了？"

在别人看来，李双星德州讲座，似无必要。但在李双星心中，这是必须的。

他说："我最初搞棚菜种植，是从山东学的经验，寿光、青州去过多次，来德州讲课，是再正常不过的事情，也算还人情吧！"

有人说，和李双星相处，感觉那么自然，那么舒服，这源于他的人格魅力和数十年来的修炼与涵养。

李双星曾经提出扶贫工作的七个心得，也就是"七心"。

1. 入户走访，了解贫困户详情及发展意愿——真心。

2. 因村施策，因户选定产业项目——细心。

3. 外出、本县参观交流——耐心。

4. 产业项目动员、技术培训现场会——苦心。

5. 试点村先行，一站式示范——精心。

6. 对接市场，提前接洽好收购客商——诚心。

7. 不断推广新产品，提质、增效，适应市场需求，创新种植模式——信心。

正是凭着这“七心”大法，李双星开创了扶贫工作的新局面！

榜样的力量

在阜城县，李双星有很多个雅号，乡亲们叫他“李周到”“李教授”“李扶贫”，而妻子叫他“甩手掌柜的”。

乡亲们之所以把李双星称为“李周到”，主要是因为他观察问题、解决问题非常细致、周到；叫他李教授是因为他的“农村夜校”讲授知识专业；“李扶贫”就不用说了，他用扶贫政策带领乡亲们真正脱了贫。而“甩手掌柜的”这一称呼是妻子何丽霞对他的调侃，也是李双星在这个家里的生活状态，“家里的事基本上什么都不管”。

2017年1月17日至19日，李双星的先进事迹经各大媒体集中报道后，在全省各地党员干部中引起强烈反响。大家纷纷表示要像李双星同志一样，牢记使命、勇于担当，夙兴夜寐、激情工作，努力开创建设经济强省、美丽河北的新局面。

“全省扶贫系统正在认真学习李双星同志的先进事迹。”1月20日，河北省扶贫办党组书记、主任魏存计表示，打赢脱贫攻坚战，需要千千万万个像李双星这样心系百姓的党员干部。他靠自己的责任心，精准安排脱贫项目，把“硬骨头”啃成了“香饽饽”。我省脱贫攻坚任务艰巨，各地“水土”不同，治疗“贫困症”的“药方”也不同。像李双星这样，对贫困群众的事情处处用心，立足当地实际精准施策，必能带动贫困群众不断取得脱贫致富的新成就。

衡水市扶贫办主任刘建瑞表示：“李双星同志全身心投入到扶贫

工作中，是践行‘三严三实’专题教育活动的典型范例。我们要把学习李双星先进事迹落实到行动上，以榜样的力量，推进精准扶贫、精准脱贫各项工作落到实处。”

巨鹿县扶贫办主任程蕴昭说，以李双星同志为榜样、以“精准扶贫”为引领来审视巨鹿“十三五”脱贫工作，感到的是责任、是使命。党员干部要把贫困群众放在心上，多往田间地头跑，知道群众说什么、想什么、盼什么，真心把他们的事当家事，做李双星式的“贴心人”。

在最先尝到设施瓜菜产业甜头的阜城县漫河乡，家家户户都收听收看了李双星先进事迹的报道。漫河乡党委书记刘学峰说，一提起李双星，乡亲们都深情地叫他“李扶贫”。多年来，“李扶贫”跑遍了漫河乡38个村，帮助倪庄村、许家铺村等30多个村建起了瓜菜大棚，让昔日的“穷漫河”富裕起来。老百姓需要更多李双星式的好党员好干部。

李双星得到了广大群众的广泛拥护，得到了市县领导的认可，他把群众的拥戴、领导的赞赏、政府的荣誉视为鞭策和鼓励，一如既往地默默地奉献，默默地付出。

如今，李双星火了。中央、省市等各大媒体纷纷前往阜城县，对李双星的先进事迹进行报道。

2016年1月17日，中央电视台在《新闻联播》节目中播出《时代先锋——李双星：群众的笑容是最大的回报》。1月18日，中央电视台在《焦点访谈》节目中播出《群众的致富星》，称赞李双星是“贫困村里的推销员”“排忧解难的辅导员”“全心为民的服务员”“脱贫致富的领路人”。

1月17日至19日，中央媒体还在新闻网站和“两微一端”及时转载、推送相关报道。

6月13日晚，以河北省“百姓喜爱的好官”——阜城县扶贫办主任李双星为原型的现代评剧《福星临门》在衡水会堂隆重上演。衡水市四套班子领导同广大干部群众一起观看了演出。

该剧由阜城县委宣传部牵头，阜城县文广新局创作，演出阵容全部由基层业余文艺演员组成。在一个半小时的演出时间里，随着剧情一层层展开，李双星这位道德模范被演绎得活灵活现、生动真实，展现了他始终心中有党、心中有民、心中有责的高尚情操，震撼并感动着每一位观众，赢得阵阵掌声，使大家深受教育。

李双星的先进事迹在阜城县干部、群众中也引起了强烈反响：

阜城县委组织部常务副部长陈荣海认为，李双星身上有着一种无私奉献的高贵品质，他安心扎根扶贫事业，勤勤恳恳，任劳任怨，一年工作时间累计达到400多个工作日。从他身上体现了一种为民服务的公仆情怀，一种务实创新的担当精神。我们党员干部要拿李双星这面镜子照一照自己，反思自己、检查自己、激励自己。要像李双星一样，永葆共产党员的先进性，深怀爱民之心，恪守为民之责，善谋富民之策，多办利民之事，用自己的实际行动，为党的事业、国家的富强、人民群众的幸福生活，贡献自己的力量。

阜城县住建局局长李国强说："看了报道后，对自己产生了强烈的震撼。李双星为民务实、心中有责的工作精神让我感动，在以后的工作中要学习他爱岗敬业的精神、视群众为亲人的情操和务实创新的作风，自觉践行'三严三实'，发挥主观能动性，把我们的县城建设得更漂亮。"

与李双星共事十一年的阜城县扶贫办副主任杨海军说："李主任一心为民、平易近人的公仆本色和高贵品质潜移默化地影响着我们。作为李主任在扶贫战线上的战友和年轻干部，我要向他好好学习，坚持向党负责和向人民负责的一致性，切实做好扶贫开发工作，向党和人民交出一份满意的答卷。"

"正能量更能鼓舞人。"阜城县委宣传部常务副部长姜庆和说，"当前，阜城正处在加快发展的关键时期，我们要学习好李双星，更要宣传好李双星，让李双星的事迹感动、带动更多的人，让干事创业成为人们的精神追求，弘扬正能量、传递好声音、凝聚新合力，从而推动经济社会又好又快发展。”

山不炫耀自己的高度，并不影响它耸立云端；海不炫耀自己的深度，并不影响它容纳百川；地不炫耀自己的厚度，并不影响它承载万物……

李双星先后被授予“中国扶贫开发典型人物”“扶贫开发工作先进个人”“百姓喜爱的好官”等荣誉称号，面对诸多的光环和荣耀，李双星非但没有昂首炫耀，反而更加韬光匿迹。

他说：“‘十三五’剩下没有几年了，要实现2020年全面建成小康社会，扶贫工作任重道远，我们依然在路上。”

对于阜城及衡水市今后的脱贫工作，李双星说，按照习近平总书记提出的“六个精准”和“五个一批”要求，我们明确了“一个确保”“两个倾斜”“三个明显”的攻坚任务：

> “一个确保”，就是确保到2018年完成脱贫摘帽；
>
> “两个倾斜”，就是在政策和帮扶两个方面向贫困村、贫困群众倾斜；
>
> “三个明显”，就是贫困人口生活质量明显提升、经济收入明显增加、公共服务明显改变。

目前，阜城全县有贫困村272个，建档立卡贫困户14459户，贫困人口3.1万人。

阜城县着眼于三年内完成全部脱贫任务，坚持因户因人精准施策，制定了《关于打赢脱贫攻坚战的实施方案》，明确了“四个一批”脱贫计划，将依托设施瓜菜产业的优势，坚持产业扶贫这一主线，推行“政府+龙头企业+金融机构+科研机构+合作社+农户”“六位一体”模式，帮助农民增收脱贫。

同时，积极实施金融扶贫、电商扶贫、社会扶贫、医疗扶贫、教育扶贫、社保兜底政策等多种扶贫方式，不让一个贫困户掉队。

第七章　感恩家人

为了扶贫差点儿牺牲了媳妇儿

都说，每一个成功的男人背后，总会站着一位伟大的女性。

对李双星来说，他之所以能够不被家中琐事羁绊，十几年来始终全身心地投入到阜城县的扶贫工作中去，全亏了家中有一位通情达理、勇于分担、善于持家的贤内助。

在阜城，只要一提起李双星的妻子何丽霞，很多人都会开玩笑说："何丽霞嫁给了李双星，李双星嫁给了大棚。"

了解李双星的人都会伸出大拇指，羡慕地说，李双星的妻子何丽霞太伟大了，她用自己的担当和付出，换来了李双星扶贫事业的成功，换来了阜城县数万家庭的脱贫致富！

然而，家家有本难念的经。在李双星的心里，始终埋藏着一份对妻子深深的愧疚。

提起这个话题，李双星的眼中闪烁出点点泪花，都说"男儿有泪不轻弹"，却也"只因未到伤心处"。

李双星告诉我们，自从当了县扶贫办主任以后，他便与妻子聚少离多，"为了扶贫事业，我差点牺牲了媳妇儿"。

“在媳妇儿的眼里，家对我来说，就像个旅店。曾经有不少人和我开玩笑：你一天到晚不着家，嫂子难道没意见吗？

“呵呵，你看咱干的就是和农民打交道的活儿，这就是最基本的工作。我媳妇儿是学校老师，每天晚上批改完学生作业还要忙家里的事，我们各忙各的，谁也不影响谁。

“不过，一开始媳妇儿还真曾怀疑过我是不是有外遇，悄悄找同事盘问过，还‘侦察’了几次，后来彻底放心了，还直接给我‘定了性’：指望他顾家，基本无望。”

李双星说，由于自己长期扑在扶贫事业上，家中大大小小的担子全部压在了妻子的肩膀上，疏忽了对妻子的照料，以至于妻子出现重大疾病，自己竟然不知道。

其实，扶贫办距离李双星的家不过几百米的距离，但是他的双脚走遍阜城贫困户的田间地头，这几百米反倒有些远了，不是因为对妻子缺少爱，不是因为他懒得走路，而是他把心思全部用在工作上了，分不出心来照顾家、照顾妻子。

2003年5月的一天，正在家中干活的何丽霞突然感到身体不适，她想让李双星回来陪陪自己，可一想到这几天，正是李双星下乡调研的日子。她便打消了让李双星回家的念头。

后来实在痛得受不了，她便叫来自己的哥哥陪同赶往县医院做检查。

检查完了后，结果迟迟没有出来，过了很久，她听到医生大声地问：“何丽霞的家属来了没有？”

何丽霞告诉医生，丈夫这几天特别忙，自己是哥哥陪着来的。

给她做检查的医生听不下去了，不由得埋怨起她来：“不是说你，有什么事比陪媳妇儿检查还重要啊？赶紧把你丈夫叫回来吧！这件事等不及的！”

“医生，我到底得了什么病？告诉我吧，我能挺得住！”何丽霞态度坚决地说。

没有办法，医生表情凝重地告诉她，她的乳腺癌复发转成肺癌，必须赶紧做手术。

医生的话，犹如晴天霹雳，何丽霞一下子呆住了。她仿佛身着单薄的衣衫，突然掉进了冰窖。

几年前，何丽霞曾在天津肿瘤医院做过左乳根治手术。手术后，医生让她好好养着，不能过度操劳。

然而，家庭的现状又哪能让她安于休养？

放在一般的家庭，做过癌症手术，肯定需要精心照料。可是这些年来，由于丈夫一直扑在扶贫事业上，家里家外大小琐事全部落在何丽霞的肩上，她的身体没有得到很好的恢复。

癌症复发意味着什么？谁心里都很清楚。这对任何一个人来说，无疑都是一个巨大的打击。

那一刻，何丽霞多想靠在丈夫的肩膀上痛痛快快地大哭一场啊！她毕竟是一个女人，面临生与死的关头，也有脆弱的一面，也渴望得到丈夫的疼爱！

何丽霞拿出手机，几次想给李双星打电话，告诉他这个消息，可最终还是忍住了。

“双星正在乡下调研，还是等他回家了再说吧。

“孩子们还小，双星的扶贫事业才刚刚开始，这个家还需要我，如果自己真走了，他们该怎么办呀？”

一想到这里，何丽霞又忍不住哭了起来，她实在放心不下丈夫。

其实，何丽霞早就感觉自己有点不舒服了。可是丈夫每天都是早出晚归，一看到他疲惫不堪的样子，何丽霞便心痛不已，好几次话到嘴边又收了回来，她实在不想让丈夫为自己分神。

那段时间，正是李双星下村走访的日子，为了摸清全县贫困家庭底数，他每天一大早就出门，不到半夜都回不了家，一进家随便扒拉几口饭，经常是坐在沙发上就睡着了。

看着一身疲惫的丈夫熟睡的样子，有时候何丽霞也暗自落泪。

“谁让自己嫁了一个视事业为命的人呢！当初选择他，不正是因为他为人正直、热爱事业吗？既然选择了，就不后悔。”

何丽霞知道，丈夫太累了，她实在不忍心叫醒他，跟他唠叨那些鸡毛蒜皮的小事。

为此，她曾经半开玩笑地对李双星说：“双星啊，自从你当了这个扶贫办主任以后，我们这个家就成了你的旅馆啦！”

他在家待的时间太有限了，每天不过四五个小时。作为妻子，自己怎么忍心让他再分心呢？

作为一个扶贫办主任的妻子，何丽霞早已经耳濡目染把这些数字记到了心里：全县88个贫困村被定为扶贫开发工作重点村。贫困人口人均年收入低于500元的有3864户，农村贫困人口达15万，占当时全县人口的50%。

丈夫心里装的是全县15万贫困人口呀！自己不在其中，挤不进他的心里。

既然如此，我就专心地做他的后勤保障好了，负责给他洗衣服、做饭，让他能够踏踏实实在家睡一小觉。

她是这样想的，也是这样做的。

李双星每次回到家，累了，她给他递枕头；受伤了，她为他敷药；忧虑了，她就安慰他。

作为一个女人，再强大也需要有一个人为自己支撑信念。对何丽霞来说，李双星就是她的支撑和信念。

实在忍不住，何丽霞把自己身体不舒服的事情插空和丈夫说了。

李双星说，你不舒服就去医院。现在是种大棚西瓜的时候，农时不能误，你自己去找医生看看吧。

听了丈夫的话，何丽霞感到无比的委屈。

她想起4年前的一幕，那是1999年的春天，何丽霞被天津肿瘤医院确诊为乳腺癌。

在做左乳根治手术的前一天，丈夫陪她到天津水上公园散心，他们第一次手牵手逛了公园、第一次照合影。

想到此，何丽霞脸上露出幸福的笑。

手术四年了，自己从没有扯过丈夫的后腿。可是现在，自己感觉身体又不太对劲了，他都不能陪着去一趟医院。在他心里，只装着他的扶贫，自己连农民的一季大棚西瓜都比不上呀！

李双星和妻子何丽霞

恼归恼，可一看到丈夫劳累的样子，何丽霞所有的怨言都没有了，依旧在家里操持着。

有委屈，也有理解。何丽霞就是李双星身后的那个空气一样的妻子。“空气”是李双星对妻子的比喻，我没有你不行，这个家没有你不行，但在我工作中你又不能出面。

……

这一次，何丽霞被查出癌症复发，并转移成肺癌。这一刻，何丽霞号啕大哭。

医生私下对何丽霞的哥哥何青说：“你妹妹的病情已到晚期，没有手术的必要了，保守治疗吧。”

这无疑是一声晴天霹雳，一家人都慌了。

经过一番联系，何丽霞住进了山东济南的一家医院。

何青见妹妹遇到这么大的事李双星也没在身边，气愤地问：“双星干什么去了？都这个时候了，人还不在，要他有什么用？”

看着哥哥生气的样子，何丽霞小声说：“他忙！”

“不是他忙，是你傻！”何青说，“你都病成这样了，他也不闻不问。”

一气之下，何青给李双星打电话质问：“你心里还有没有这个家？还有没有你老婆这个人？”

接到何青的电话，李双星心怀愧疚，他安顿好了大棚的事，马上赶到山东济南妻子治疗的医院。

那一刻，李双星就像个犯了大错的孩子，赎罪似的跑前跑后，无微不至地照顾妻子。看着面色苍白的妻子，他心疼极了。

他为她端饭、倒水，陪她说话，给她讲故事，逗她笑，让她开心。

……

期间，不断有电话打过来。李双星看看妻子，悄悄地走到病房外。

电话是乡亲们打来的，这些刚刚装上大棚的乡亲们遇到了种植难题，没办法，李双星只好在电话里为他们排忧解难。

一边通过电话指导工作，一边跑前跑后照顾妻子。李双星心力交瘁，短短几天时间，他原本一头浓密的黑发就掉稀疏了。

李双星深知，这些年来，他对家庭、对妻子亏欠得太多了——不要说远处，就连本县附近最有名的两个景点，东光铁佛寺和衡水湖，他都没带妻子去转过。

望着躺在病床上的妻子，李双星想，等她好了，一定抽时间带她去转转，散散心，弥补一下这些年来的缺憾。可是真等何丽霞的病好了，李双星早把这个承诺忘在了脑后，又恢复了忙碌的常态。

李双星的工作重心在田间地头。他最大的心愿，就是退休后做个好丈夫。“糊弄老婆还不容易？退休后天天让她美得掉眼泪!”李双星笑着说。

农业扶贫项目季节性非常强，农时不等人，一刻值千金。延误一个星期播种，可能一季的收成就没有了。

李双星着急，阜城县贫困村上上下下的百姓也很着急。

陪护期间，妻子的病房几乎成了李双星的扶贫指挥部。

他的电话不断，有单位领导打的、有收购瓜菜的商户打的，最多的还是种植大棚菜的乡亲们打来的。

眼见着丈夫忙成这样，何丽霞看在眼里疼在心里。按她的话说，“双星是人在医院病房，心在田间地头。”

那段时间对李双星来说，简直是度日如年——一边是自己的妻子尚在手术恢复中需要精心照料，一边是新上的扶贫大棚面临生产旺季离不开他的技术指导，两边都很重要，两边也都离不开他。

没有办法，每当有同事来医院看望何丽霞，话还没说几句，李双星就会拉上同事到一边去谈工作。

他人在病房，心系大棚，为了兼顾两头，李双星把“工作调度会”开到了病房里，大到来年扶贫项目的确定，小到一亩大棚需要多少水泥柱、钢丝等，他都要一一核对，确保项目“不走样”。

看到何丽霞的头发几乎脱光，躺在病床上忍受着化疗之痛，前来探望的同事忍不住劝道：“主任呀，何老师都这样了，您还是先把工作放一放，好好地陪一陪她吧！”

听了同事的话，何丽霞努力挤出一个笑脸，有气无力地回答：“你们还不了解双星呀，他人虽然在这里，心早就被阜城的大棚牵走了。这几天他能白天黑夜地陪着俺，俺很知足了……”

见何丽霞病成了这样，还在替李双星考虑，在场的人听了都悄悄地背过身去擦眼泪。

那一段时间，得知女儿住院的消息，何丽霞的老母亲也从老家赶到了济南照顾她。

老人已经76岁了，虽然身体还不错，但毕竟是上了年纪的人，走起路来颤颤巍巍的，让何丽霞很担心。

“母亲这么大岁数了，按常理应该待在家里享受天伦之乐，让孩子们照料自己，可如今还要让她来照顾我，万一磕着碰着，有个好歹，我会一辈子不安心。”

正在何丽霞犹豫不决，是不是该让母亲回老家时，李双星接到一个大棚大户的电话。接完电话，他给妻子撂下一句话：“让妈再照顾你几天吧，大棚有点事，我得赶紧回去，办完了再来陪你。”

说完，他就急匆匆地赶回了阜城。

看着李双星离去的背影，病友们很不理解：自己的老婆都病成这样了，他怎么还忍心走呢？

对此，何丽霞早已经习以为常了。毕竟她和双星一起生活了这么多年，她深深地了解丈夫，也打心底里支持丈夫。

“虽然我不能帮双星做点什么，但我可以在他关键的时候不去拖他的后腿，让他能够安安心心地干事情。”

何丽霞明白，李双星作为县扶贫办的主任，在他的心里，扶贫事业大于一切。作为他的爱人，对双星最大的支持，就是不碍手碍脚。

所以，当李双星说走时，纵使心里再不情愿，何丽霞也从不说什么。

实际上，何丽霞对阜城县的贫困户是了解的，她也深深地理解丈夫的事业。

之前，李双星曾经带着何丽霞去过几个贫困村，到一些贫困乡亲们家看过，大多数人家里都是破破烂烂，屋子里连件像样的家具也没有，更别说要吃好穿暖，能够维持正常的生活就不错了。

贫困家庭中，如果有个壮劳力能到外面去打工，条件还算不错的；可是大多数人家没有壮劳力，除了守着一亩三分地土里刨食，再也没有其他收益，只能勉强支撑着生活。

虽说还没有差到吃不上饭的光景，但那些乡亲们过的是什么日子呀，口袋里没有钱，连赶个集都要考虑半天。每年过春节，好多人家只敢给孩子买一件衣服，家徒四壁，女人穿得像男人，男人穿得像老人，老人穿得像乞丐……

何丽霞怎么也不会想到，国家都在大力号召奔小康了，阜城县竟然还有那么多的贫困户。

农村的贫困现状深深刺激了何丽霞，她深切地感受到了丈夫事业的伟大，她知道县扶贫办需要丈夫这样一个心怀百姓的人。

正是因为亲眼所见，所以才深有同感。打那以后，何丽霞便不再纠结丈夫早出晚出，更加理解了丈夫没日没夜做的事业。在她看来，只有把那些贫困的农民当成自己的兄弟姐妹，真心付出，找出一条合适的致富路子，贫困农民的生活现状才能得到根本的改变。

家里需要当家人，但全县15万贫困人口比她更需要扶贫带头人！

李双星之所以会抛下病中的妻子，急急忙忙赶回去，是有原因的。

原来，一场暴风雨突袭了漫河乡前八丈村。这个以西瓜好吃闻名省内外的村子，西瓜大棚被突如其来的暴风雨打得一片狼藉，柱子东倒西歪，棚膜也被刮得七零八落，现场惨不忍睹。

乡亲们哪里见过这个情况，眼见着自家的大棚全部被毁了，着急上火，他们把全部希望寄托在了李双星的身上。

“李主任，我的老本全赔了，这可咋办呀？”老乡蹲在地头带着哭腔打电话向李双星求救。

那一刻，李双星沉默了。

他没有选择，灾情就是命令。

如今，作为第一批试点，老百姓遇到了过不去的坎，自己作为扶贫办主任，怎么也不能成为局外人，救急如救火，他只能扔下病痛中的妻子，冲锋陷阵到救灾第一线去……

“无情未必真豪杰，有情有义大丈夫。”

李双星并非“只认大棚，不认媳妇”。妻子的病时时刻刻挂在他心头，一有闲暇，他就给妻子打个电话问问情况。

可大多数时候，李双星忙得根本就没有时间打电话。

一头是受灾的扶贫对象，一头是共同生活了几十年无怨无悔支持自己事业的患病妻子，两头都需要他，哪一头都放不下，哪一头都揪心呀！

做完手术后，妻子后续化疗仍需要一笔不小的费用。

在辗转求医的过程中，李双星拿着从亲戚朋友那里借来的钱，抽空办理完住院手续，就求助亲友们轮流帮忙陪护妻子。

化疗时，何丽霞脸色蜡黄，静静地躺在病床上。

看着妻子的面容，李双星感到了一阵阵的心痛，他想起妻子年轻时的样子——

一个人的婚纱照

那时，她长相俊美，清秀可人。可是如今，她却被病魔折磨得憔悴不堪，看上去比同龄人老了许多。

看着客厅里挂着的单人婚纱照，李双星心潮起伏。那婚纱照是2014年补拍的，本来他想满足妻子拍一套婚纱照的心愿，可约好的时间，自己又有事“缺席”了。

要不是自己做扶贫工作，肩上压着全县十几万人脱贫的担子，李双星真想留下来好好地陪陪她。

这些年来，家里的大事小情全部扔给了妻子，妻子不仅像保姆一样照顾着他，还管着整个大家庭的众多事务。李双星兄弟姊妹多，何丽霞的兄弟姐妹也不少，两个大家族，平时很多事，还有人际关系中的迎来送往，都是妻子张罗。

李双星真不敢想，如果没有了朝夕相伴的妻子，自己将会是什么样的生活状态。

想归想，可有时候李双星真顾不了那么多，还有那么多工作等着他呢。

千头万绪，也得从头理。

对于扶贫工作，李双星已经习惯了快节奏，只有像机器一样连轴转起来，才能让他暂时卸下压在心头的大山。

感谢家人的理解和爱

在扶贫的工作岗位上，李双星是一员虎将，勇往直前，从不知疲倦。但一个人的精力再充沛也毕竟是有限的，在一方面投入得多，在其他方面必然会投入得少。

这些年来，李双星几乎把全部精力都投入到工作中，因此在家庭中投入的精力少得可怜。

何丽霞说："这么多年，双星的工资很少拿回家，基本都花在了扶贫上，给家里的少之又少。家里遇到困难也没指望过双星。"

她说，虽然这样，自己却从来没有抱怨过。双星是"事业狂"，工作认真，家里指望不上他，我就提醒自己什么事情要自立自强。所以一直都是我在挣钱养家，这些年也就习惯了。

因为自己也要上班，还要管孩子，这样的情况下，作为家属就要牺牲一些，毕竟自己是妇女。

何丽霞感慨地说："鬼门关上走一趟，大难都闯过来了，我更要珍惜现在的生活。"

当我们问何丽霞得知癌症复发后是怎么想的，她说：

"得知自己癌症复发时，简直是五雷轰顶，整个人差点垮了。当时，我心中唯一的愿望，就是能活着看到正在上高中的儿子考上大学，我也就能瞑目了。"

有一段时间，何丽霞的病情出现反复。李双星靠不上，她只好叫来哥哥照顾自己。

这个纯朴的汉子为妹妹愁得吃不进、喝不下。但他也知道，这种病就是把钱花了，也保不住人。思前想后，他劝李双星："听医生的吧，别因一个人毁了一个家。”

李双星不想放弃，也绝不放弃任何一丝希望。有病乱求医，他到处托人打听哪里有偏方，并千方百计地找来所需药物，让妻子尝试。

李双星对妻子说：“媳妇儿，为了这个家，为了我和孩子，你咬咬牙挺住，一定要好好地活着。没有你，我和孩子就没有家了。”

为了让李双星和孩子安心，何丽霞强忍着巨大的疼痛，从不在他的面前表露出来。

化疗后，因药物副作用，何丽霞啥都不想吃、啥也吃不下。

李双星下班回来，无论多晚，都会问她：“想吃啥，炖大骨头还是鲫鱼汤？我给你做！”

何丽霞说：“看着他劳累的样子，我哪里忍心让他做饭呀。但没有办法，我是因病得福，吃上了他亲手做的饭菜，还真好吃。”

话虽如此，何丽霞也曾对李双星有过不理解。尤其在她特别需要丈夫在身边的时候，他却待在村里田间地头。

有一次实在忍不住，她就问李双星：“你看啊，比你官大的有的是，人家都能陪家人散散步，大人孩子一起过个星期天，逛逛超市，怎么唯独就你那么忙呢？难道半天时间也抽不出来？”

李双星的回答是：“人家轻闲归人家，咱没那个闲工夫。”

何丽霞说，再苦再难，好歹都过去了。现在自己特别知足，以前在乡里教了两个班的数学，担子也不轻，从没唱过、跳过，自从病好后，现在有时间了，唱唱歌，跳跳舞，还学了乐器，有时还打打乒乓球，感觉到能健健康康地活着，一家子平安，就很好。自己现在的心情特别平淡，年轻时候也想过让爱人天天能陪着自己，现在知道生活是最现实的。

如今，何丽霞是彩丝带的爱心志愿者，经常参加一些全国性的活动，参与普及肿瘤防治知识，救治贫困癌症患者，用爱心帮扶正在与癌魔抗争的肿瘤患者。

何丽霞两度患癌，竟都奇迹般治愈。对此，乡亲们说：“老天爷长眼，善有善报，这都是李主任这么些年来扶贫行善积的大德。”

李双星从不迷信，但他坚信积德行善有福报。

为老百姓们做好事，大伙都会念你的好。你在别人困难的时候帮了忙，别人自然也会在你困难的时候帮你。

何丽霞说，李双星在担任乡干部期间，他们在乡政府所在地的村子边盖了一个独院，住的是平房。孩子小的时候，他们都去上班，就把钥匙放在家里，他们都回去太晚的时候，就把孩子托付给邻居。

何丽霞参加活动留影

因为顾不上家，孩子小的时候不知摔了多少回。有一年腊月，孩子醒来看不到大人，光着屁股就跑了出去……

说起这些，何丽霞的眼睛有些红润，她说，有时候真想哭一场，自己要上班，要管孩子，李双星要下乡、要开会，要值班、要替班，家里根本顾不上。

李双星的身上经常带着消炎药、治嗓子的药、止痛药和感冒药，他每天说话多，喝水不够，所以嗓子发炎是常事，有时候输液也不歇班。

何丽霞（右二）参加演讲比赛

扶贫办有个同事曾经学过医，李双星有病时就去门诊买点药，在办公室里输液，常常自己拔针。

每天这么忙，到点了也走不了，群众有困难了直接上办公室找他，他都会认真接待，那些找他的人一待不是一上午，就是一下午。

何丽霞说，李双星是个手巧的人，可是家里的事情基本指不上他。换个灯泡、水管坏了、门锁坏了，跟他说了，他就说等着吧，结果等了好长时间还是没有去修，最后还是自己动手修理或找人来修。

“他这么忙，家里根本就指望不上他。时间长了，习惯了，也就不指望他了。”

一个家庭在社会上总会遇到很多事情，像朋友有事了，看望个病人，或接到婚丧嫁娶通知之类的，李双星根本就不操心，我也知道指望不上他，每次就自己做主，全权代表了。

李双星不去参加这些场合，朋友们也都能理解，很多人都劝何丽霞：“说说你家双星，别没日没夜的，把自己累倒了。”

可是几十年来养成的工作习惯，也不是说改就能改得了的。

李双星经常深夜回来，为了不打扰妻子休息，往沙发上一躺，就睡了。每次何丽霞半夜醒来，都会帮他把鞋脱了，把被子抱过来给他盖上。

几十年就这样过来了。可是岁月不饶人，李双星原先从来都不会对妻子说累，现在有时候也会对妻子说：“有点累了！”

原先累了就睡，睡一觉就又精神了。现在，睡醒了还是觉得有点累。毕竟人到了这个岁数，想睡一觉把积累了几十年的疲惫消除了，还是很难的。

对李双星来说，他需要一段时间的休养。可是面对着“十三五”扶贫规划，面对着时不我待的扶贫任务，他哪里有时间可以休养。

“累是死不了人的！只要乡亲们都脱了贫，我就能好好地休息了，到时候想让我累，我也不愿意累了！”

知道李双星以事业为重，所以孩子小时候只要一哭，何丽霞准把孩子抱得远远的。

何丽霞怕影响李双星休息，也怕让李双星麻烦。她说，和双星结婚几十年来，自己出门、上下班都是坐的公交车、班车，很方便。

李双星单位的司机告诉何丽霞：“嫂子，家里有事需要用车说一声。”

可是这么多年来，何丽霞从没用过扶贫办的车。就是唯一一次考虑到母亲年纪大了，想让李双星送老人去一趟火车站，结果李双星还给忘记了没有送成，最后还是打的车。

“坐车也就是几块钱的事，何必麻烦大家。”对此，何丽霞看得也特别透，“双星天天往村里跑，没有车不行，万一我用的时候，正碰到他有事了怎么办？我不能给他添麻烦。以前不用，现在政府要求公车公用，我更不会让他犯错误了。”

到衡水拿药、平时上下班、到银行、税务局办事等等，除了坐公交，就是搭同事们的顺风车。

有一次家里老人摔倒了，她首先想到的找同事帮忙，最后还是同事帮助送医院的。

何丽霞说，不光平时自己坐公交车上下班，上医院化疗期间，也都是自己坐车去的，输完液，再坐火车到东光县倒车回来。

“坐公交就几块钱，事情就办了，单位上这么多事儿。自己克服点困难就行，无论干什么，都不能让双星不喜欢。”

何丽霞理解李双星，也处处想着李双星。

每年6月份，是何丽霞乳腺癌手术后定期复查的时间，由于工作太忙，李双星每天顶着星星走，晚上带着月亮回，十天半月也不能按时回家一趟，把妻子复查的事忘得一干二净。

尽管如此，每天李双星回家，何丽霞也从不提起。每次都是她一个人去复查。

……

得知李双星妻子的病情后，朴实的乡亲们也都希望能够帮上点儿忙，他们说，李主任整天为我们操劳，他爱人生病了，我们也要为他出点力，尽点心。

听说喝芦苇根煎水能抗肺癌，他们就到地里去刨，芦苇根生长的地方距离村子远，扎根深，很难刨出来，但是善良的村民还是把洗干净的扎成一捆一捆的芦苇根，给李双星送过去。

俗话说，好人终得好报，有爱就有奇迹。

一年之后，再次检查时，何丽霞的身体竟然奇迹般地在逐渐康复！

何丽霞简直高兴得不知所措，当即打电话告诉丈夫喜讯。

听到这个消息，李双星也高兴得掉下了眼泪。

谢天谢地！谢天谢地！老天还是眷顾好人的。

生活有时候就是这么戏剧化，本来以为困难排山倒海般压过来，感觉眼前的关很难闯过去了，谁知道天无绝人之路。

曾经艰难周旋的“两难”（妻子的病和大棚）悄然变成了“两全”：2004年，前八丈村大棚西瓜虽然经历了大风破坏，由于抢救及时，当年竟然获得了大丰收。

当年，每亩西瓜收入达到了4000元，比种玉米的收益增加了好几倍！

眼见着成沓的钞票到手，种大棚西瓜的农户们脸上笑开了花。

瓜农们充满感激地说：“如果没有李主任舍小家、为大家，不要说要这样好的收成，经历了这么严重的风灾，能把种大棚的本钱找回来就不错了。”

前八丈村富了，周边贫困村的农户们却着急了。

他们恨不得马上也能建起西瓜大棚。

其实，李双星并没有忘记他们。试点一炮打响，就是为了给其他贫困村作表率。

如今，前八丈村取得了成功。就是他想要的最好的宣传。

为了早点建起大棚，很多村的村民们提前购买了建大棚的立柱、棚膜等物料。

村干部们也都坐不住了，纷纷邀请李双星先给自己的村指导建大棚。

……

多年以后，何丽霞的亲叔叔从广州回来探亲，李双星没有时间陪他，叔叔就让何丽霞陪着到各个村子里去转转。他想看看李双星究竟在忙些啥，干成了些什么。

何丽霞陪着叔叔在乡下转了转，车走了半个多钟头，成方连片的大棚一直连绵不断，丽霞和叔叔被深深震撼了！

“真没想到，他为农民干出了这么多的事！”叔叔说。

那一刻，何丽霞也发自内心地为自己的丈夫感到骄傲！

《人民日报》的一位记者听说了这段感人故事，专程赶到阜城县进行了采访，2015年12月22日，记者调查文章《雨入花心自成甘苦——致一位县扶贫办主任妻子的信》在《人民日报》上刊登。

国务院副总理汪洋读到这篇文章后，深受感动，专门作出批示：

> “这是一个高尚的人，一个纯粹的人，一个有道德的人，一个脱离了低级趣味的人，一个有益于人民的人”，是打赢脱贫攻坚战需要的人，也是值得所有扶贫干部学习的人。

除了妻子给李双星的事业以充分的理解和巨大支持，他的儿子、母亲和亲戚朋友都是支持他的，知道他的所有付出都是为了百姓尽快过上富裕的日子。对家人，双星总是内心充满感激和愧疚。

当年幼的儿子独自外出求学，一个人拉着行李箱上车时，他也只能含泪挥手相送；

耄耋之年的老母亲心疼他，不但不嫌他回家少，还时刻叮嘱儿女们，千万不要给你们小哥添乱，看他天天忙累成那样，你们都多疼疼他吧！

有这样通情达理的老人、有这样无怨无悔支持的爱人、有这样懂事的儿子，他们在背后的默默承担，让李双星从家庭的烦琐中解放出来，他感到无比知足，正因为有这样的小家庭，他才能心无旁骛，全力以赴把精力投入到阜城县的扶贫大业当中。

了解他的朋友聊起来时，笑着对他说："李主任，你可是有福啊，家里什么事都不用管，不用操心，只管扶贫就行了，换作别人可没有你这好福气啊！"

他在很多场合谈起家人，说得最多的是自己的歉意，感谢家人的理解与爱，他心中有一个信念，那就是：等我退下来的时候，会把这多半生对家的亏欠，用全部的真情一一补偿回来。

在这么多年的历练中，妻子已经战胜了病魔，从柔弱走向坚强；儿子已经长大成人，在异国他乡选择了自己理想的职业，开始人生的翱翔。

全家人支持着李双星的事业，李双星的任何一点成绩都来之不易，得到社会的认可，更是一件令人兴奋的事情。

随着各地电台、电视台、报纸、网络等媒体竞相采访报道，李双星的先进事迹广为流传，知名度越来越高，成了阜城县的名人。

尽管如此，李双星并没有飘飘然，他保持着一贯的作风。办事不含糊，待人真诚，毫无半点架子。

后来，远在澳大利亚工作的儿子从网络上看到了李双星的先进事迹，在微信上和何丽霞说："不看报道还真不了解爸爸这么了不起！真为爸爸自豪！"

"老爸真棒！"

外甥、外甥女也都说："二舅没有白付出，他太伟大了，我们全家都为二舅感到骄傲！"

说这些话时，何丽霞的语调里充满了自豪。

距离自己解甲归田还有几年的时间，本以为再过几年就会轻松一些。然而，经过十几年的努力，李双星的担子不但没有减轻，反而更重了。

鉴于他的优异表现，2016年，组织上任命他为衡水市农业开发扶贫办副主任。

阜城县扶贫办这个担子还没有去掉，衡水市扶贫办的新担子又压到了李双星的肩上，李双星承受着双重的重担。

不单如此，“十三五”期间，阜城县又新确定了272个贫困村，这些贫困村到2020年要实现全部脱贫，他的扶贫之路一刻也不能停止，他要和他的同事们坚定地走下去。

走到今天，他每前进一步都付出了巨大的努力，每一点成绩和收获，都离不开家人的理解和支持。

附录一

国务院扶贫办
关于认真学习汪洋副总理批示精神
深入开展向李双星同志学习的通知

国开办发[2015]60号

各省、自治区、直辖市扶贫办（局）：

2015年12月22日，汪洋副总理在《人民日报》记者调查“雨入花心自成甘苦——致一位县扶贫办主任妻子的信》（详见《人民日报》2015年12月22日第16版）一文作出重要批示：“‘这是一个高尚的人，一个纯粹的人，一个有道德的人，一个脱离了低级趣味的人，一个有益于人民的人’，是打赢脱贫攻坚战需要的人，也是值得所有扶贫干部学习的人。感谢记者和《人民日报》的文字、版面，相信一定会有效推动中央扶贫开发工作会议精神的贯彻。请扶贫办研究以适当方式进一步宣传李双星同志的先进事迹。”为认真落实汪洋副总理重要批示，深入学习宣传李双星同志先进事迹，现通知如下。

一、深入学习汪洋副总理重要批示精神。

在当前各地深入学习贯彻中央扶贫开发工作会议精神、全面打响脱贫攻坚战的关键时期，深入学习汪洋副总理关于向李双星同志学习的批示精神，对于进一步振奋精神、增强信心，引导广大干部群众立下愚公志，咬定目标、苦干实干，激励扶贫干部忘我投入脱贫攻坚伟大事业，引领社会各界更加关注扶贫、支持扶贫、参与扶贫，凝聚起脱贫攻坚的强大力量，具有重要意义。各地要深刻领会汪洋副总理重要批示精神，精心安排，周密部署，抓好落实。

二、深入开展李双星先进事迹的学习宣传。

多年来，李双星同志把扶贫当成崇高的事业，把为贫困群众办实事作为最高追求，其事迹真切感人，是实施精准扶贫精准脱贫方略、打赢脱贫攻坚战的突出典型，对扶贫系统更具有示范意义。各地要以“向李双星同志学习”为主题，开展形式多样的学习宣传活动。同时，要积极协调省级宣传部门和媒体单位支持，同时运用网站、微博、微信、新闻客户端等新媒体，多角度多层面宣传本地先进典型，形成学习宣传声势，确保取得实实在在的效果。

三、按照“四个一批”的要求推出典型宣传报道。

为进一步激励先进人物，交流经验做法，大力宣传各地扶贫先进典型，全国扶贫开发工作会议已做出部署，将组织开展脱贫攻坚“四个一”宣传活动，即由各地推荐一批扶贫系统先进典型、一批脱贫先进典型、一批组织帮扶先进典型、一批精准扶贫精准脱贫成功案例，我办将组织开展系列宣传学习活动，协调中央媒体进行宣传报道。请各地在2016年2月1日前完成推荐工作，并认真做好本级宣传报道，以上下呼应，保持声势、形成气候，在全社会形成良好的脱贫攻坚氛围。

附录二

河北省扶贫开发办公室
关于深入开展向李双星同志学习活动的通知

冀扶办发[2016]8号

各有关市、扶贫开发重点县扶贫办，机关各处及直属单位：

根据国务院扶贫办《关于认真学习汪洋副总理批示精神深入开展向李双星同志学习的通知》（国开办发[2015]60号）要求，为认真落实汪洋副总理重要批示，深入学习宣传李双星同志先进事迹，进一步振奋精神，转变作风，切实提高工作效能和水平，办党组研究决定，在全省扶贫系统深入开展向李双星同志学习活动，动员和激励广大扶贫干部职工，以李双星同志为榜样，扎实做好扶贫开发工作，为打赢脱贫攻坚战，加快贫困群众脱贫致富步伐做出贡献。

一、深入学习汪洋副总理重要批示精神。

2015年12月22日，汪洋副总理在《人民日报》记者调查《雨入花心自成甘苦——致一位县扶贫办主任妻子的信》（详见《人民日报》2015年12月22日第16版）一文作出重要批示：“‘这是一个高尚的人，一个纯粹的人，一个有道德的人，一个脱离了低级趣味的人，一个有益于人民的人’，是打赢脱贫攻坚战需要的人，也是值得所有扶贫干部学习的人。感谢记者和《人民日报》的文字、版面，相信一定会有效推动中央扶贫开发工作会议精神的贯彻。请扶贫办研究以适当方式进一步宣传李双星同志的先进事迹。”在当前各地深入学习贯彻中央和省扶贫开发工作会议精神、全面打响脱贫攻坚战的关键时期，深入学习汪洋副总理关于向李双星同志学习的批示精神，对于进一步振奋精神、增强信心，引导广大干部群众立下愚公志，咬定目标、苦干实干，激励扶贫干部忘我投入脱贫攻坚伟大事业，引领社会各界更加关注扶贫、支持扶贫、参与扶贫，凝聚起脱贫攻坚的强大力量，具有重要意义。各地要深刻领会汪洋副总理重要批示精神，精心安排，周密部署，抓好落实。

二、深入开展李双星先进事迹的学习宣传活动。

多年来，李双星同志作为一名基层扶贫办干部把扶贫当成崇高的事业，把为贫困群众办实事作为最高追求，其事迹真切感人，是实施精准扶贫精准脱贫方略、打赢脱贫攻坚战的突出典型，对扶贫系统更具有示范意义。他的先进事迹和崇高精神，体现了一名共产党员的坚定信念和崇高追求，体现了一名基层党员干部清正廉洁、无私奉献的高尚品格，体现了一名基层扶贫工作者心系群众、服务人民的道德情怀，以大地为鉴，扎根基层，不断践行着社会主义核心价值观，具有鲜明的时代性、典型性和代表性。向李双星同志学习，要学习他顽强拼搏、忘我工作的崇高境界；要学习他心系群众、一心为民的公仆情怀；要学习他迎难而上、奋力拼搏的进取意识；要学习他与时俱进、勇于创新的开拓精神。各地要以“向李双星同志学习”为主题，开展形式多样的学习宣传活动，把活动作为当前的一项重要任务，通过专题学习会、组织生活会、座谈交流、典型报告、对标活动等方式，迅速掀起学习热潮。同时，要积极协调宣传部门和媒体单位支持，同时运用网站、微博、微信、新闻客户端等新媒体，多角度多层面宣传本地先进典型，形成学习宣传声势，确保取得实实在在的效果。

三、按照“四个一批”的要求推出典型宣传报道。

为进一步激励先进人物，交流经验做法，大力宣传各地扶贫先进典型，按照国务院扶贫办要求和全国扶贫开发工作会议的安排部署，将组织开展脱贫攻坚“四个一批”宣传活动，即由各地推荐一批扶贫系统先进典型、一批脱贫先进典型、一批组织帮扶先进典型、一批精准扶贫脱贫成功案例，省扶贫办将组织开展系列宣传学习活动，协调中央和省级媒体进行宣传报道。请各市县抓紧收集、汇总本地的扶贫宣传典型，上报的典型材料要符合“四个一批”宣传内容，突出本地特点，具有典型性和代表性。请各地在2016年1月11日前完成推荐工作，并认真做好本级宣传报道，在全社会形成良好的脱贫攻坚氛围。

附录三

李双星简历及所获部分荣誉

1962年11月	出生于衡水市阜城县。
1979年10月至1981年10月	在河北省衡水市地区商业学校学习。
1981年11月至1983年10月	任阜城县大龙乡财政助理员。
1983年10月至1989年10月	任阜城县大龙乡武装部副部长。
1989年10月至1992年1月	任阜城县大龙乡武装部部长。
1992年1月至1995年3月	任阜城县大龙乡党委副书记兼武装部部长。
1995年3月至1996年1月	任阜城县大龙乡乡长。
1996年1月	任阜城县王集乡乡长。
1996年1月至1998年2月	任阜城县蒋坊乡乡长。
1998年2月至2002年4月	任阜城县蒋坊乡党委书记。
2002年4月至2005年1月	任阜城县农业开发扶贫办公室主任。
2005年1月至2012年3月	任阜城县农业开发扶贫办公室党组书记、主任。
2012年3月至2015年4月	任阜城县政府县长助理兼县农业开发扶贫办公室党组书记、主任。
2015年4月至2015年12月	任阜城县农业开发扶贫办公室党组书记、主任。

2015年12月至今 任衡水市扶贫和农业开发办公室党组副书记、副主任兼阜城县扶贫和农业开发办公室党组书记、主任。

2008年6月被中共河北省委、省政府授予“扶贫开发工作先进个人”称号。

2009年9月被中国扶贫开发协会授予“中国扶贫开发典型人物”。

2010年3月被河北省授予2009年度干部作风建设“十佳典型人物”称号。

2011年2月被河北省扶贫办授予全省“十大扶贫人物”称号。

2012年2月被中共河北省委、省政府授予“河北省扶贫开发先进个人”称号。

2015年7月被中共河北省委授予“全省百姓喜爱的好官”称号。

2015年10月被河北省农业农村工作领导小组授予“三农典型先进人物”称号。

2016年4月荣获中华总工会五一劳动奖章。

2016年6月荣获“全省优秀共产党员”光荣称号。

2016年7月1日荣获“全国优秀共产党员”称号。

2016年10月荣获“2016年度全省脱贫攻坚工作贡献奖”。

2017年1月获“2016河北年度十大新闻人物”荣誉称号。

后　记

李双星是扶贫战线上的楷模，也是我们一年来创作的重点。经过多次修改，这部纪实文学的创作才画上句号。

之所以这部纪实文学作品写得这么艰难，是因为我们对于写作对象的了解还不够深入，还需要沉淀，采访来的素材需要反刍。

采访过程中，我们已经预料到写作的难度，曾经和李双星主任说，感觉压力很大，他呵呵一笑说："不要有压力。"这是真实的、暖心的李双星式微笑和李双星式话语。

可是内心的压力恐怕来自于太想把这样一个人物（或者说任务）写好，如果写不好，我们怕糟蹋了这个题材。

经过深入接触，我们发现李双星是一个并不缺乏幽默的人。有两件小事我们印象极深：

在德州讲课时，李双星讲到一个种葡萄的老农，老农的儿子小时候伤了一只手，只剩一只手了，一直找不到媳妇。种葡萄后，年收入数十万，花了28万给孩子娶了媳妇，他把这个喜讯报告给李主任。讲完这个故事，李双星顺口说了一句："有钱了，一个手的也能娶上媳妇；没钱，三只手也不行。"顿时哄堂大笑。

还有一次是和一个村支书一起吃饭，这个村支书本是一个企业家，响应当地政府号召，到村里担任支书，带领村民致富了，吃饭时李主任说他："一不小心成了'党和国家最低'领导人。"举座皆欢。

就连回答记者的话，他也充满智慧、幽默。

有记者问他："有没有想过扶贫攻坚结束之后，您这位'老扶贫'干点什么？"

李双星说："阜城经我们帮扶过的村里，现在开着小车到地里种大棚的大有人在，我真心希望老百姓都能早日过上这样的好日子。河北扶贫工作的目标是'三年攻坚，两年巩固'，我今年54岁了，到2020年实现了脱贫目标，我估计也就该退休啦。到时候我可要在家好好陪陪老婆孩子，天天给他们做饭吃。再在老家整上两亩地种大棚蔬菜，就凭我这老把式的手艺，新鲜瓜菜下来，你们都可以过来尝尝鲜。"

这是李双星的心里话，也是他的愿望吧！中国人都有一个落叶归根情结，李双星自然也不例外。同时他也是最接地气的官员，多年来无论做什么工作，他始终没有离开土地、没有离开农民。让人感到奇怪的是，一个财会专业的毕业生，却做成了农业扶贫，成了农业专家。这其实并不奇怪，因为他钻进去了，他热爱这个事业。

在采访中，我们更多的是跟着他，听他演讲，和他闲聊，但也有几个正儿八经的问题，他的回答也让我们深深思索：

问：怎样让群众信服？

答：讲诚信。没有诚信，第二次就没人听你的了。

问：扶贫这么多年，最难的是什么？难在哪儿？如何解决？

答：最难的是产业做起来了，上面给的资金不够，欠工程队钱，人家追账，给能建1000亩大棚的钱，我就想做2000亩大棚，余下的钱只能等明年的扶贫款到了再给。

采访和写作结束了，我们也有一点思考。

扶贫是一个需要广泛联系，涉及众多部门的事情，李双星在阜城之所以做得比较顺利，源于他有广泛的人脉，他的优势不是每个扶贫办主任都具备的。

李双星认为，阜城县的扶贫还有很多工作要做，仍需继续努力。比如，阜城县的瓜菜发展起来了，很有必要在当地建几个冷库，一旦出现销售不畅，有最起码的储存条件，这样能解决一些后顾之忧。

还有，要把脱贫与农村社会主义精神文明建设结合起来。这也是我们采访中特别关注的，农民富起来了，住进楼房，生活习惯改变了，卫生习惯改变了，邻里关系改变了，但是，精神文明建设方面还有欠缺。在许铺新村我们特意了解了村民业余生活情况，据说该村村风比较好，没有赌博的。而当我们问起学校情况，有没有幼儿园的时候，村民说："村里还没有，都到阜城县城。"虽然距离也不过几公里，在大城市不算什么，但村里条件好了，文化生活也该跟上，把教育放在重要位置，这也是平常我们说的百年大计吧！

李双星是阜城人的福星，是扶贫战线上的一个老兵，正如他所说的："扶贫之路任重道远，我们永远在路上。"这是一个扶贫人的最好回答。

在采访中我们发现，我们所接触的阜城县的大小干部都亲民、务实，没有架子，雷厉风行，我们私下说，一个县有这样一种整体的蓬勃向上的精神，是极为难得的，这难道不是受李双星精神的感召吗？

在此，感谢所有接受我们采访的人，你们为我们创作本书提供了大量鲜活的第一手材料；也感谢所有采访报道过李双星的记者同行们，你们采写报道的李双星先进事迹也帮助我们使本书创作的内容更加充实；我们还真挚地感谢花山文艺出版社社长兼总编辑张采鑫先生、责任编辑郝卫国老师对本书的出版付出的大量心血，感谢阜城县扶贫办为本书提供部分照片。愿这本书的出版对扶贫战线以及其他岗位的干部、职工有所启发，有所帮助。

作　者

2017年8月